베네치아에서의 죽음

부클래식
048

베네치아에서의 죽음

토마스 만
윤순식 옮김

부북스

차 례

제1장

구스타프 아쉔바흐, 아니 50회 생일 이후 공식적 호칭에 따라 구스타프 폰 아쉔바흐가 이름인 그는, 여러 달 동안 유럽 대륙에서 심상치 않은 조짐을 보여 온 19××[01]년 어느 봄날 오후에, 뮌헨의 프린츠레겐텐 가(街)에 있는 자신의 집을 나와 혼자서 꽤 먼 곳까지 산책을 했다. 작가인 그는 오전 몇 시간 동안 몸에 무리가 가는 힘겨운 작업을 했기 때문에 신경이 곤두서 있었다. 그 작업은 상당한 정도의 의지의 신중함과 용의주도함, 집요함과 세밀함까지 요구하는 것이었다. 그래서 그는 점심 식사를 하고나서도 자신의 내부에 들어 있는 창작의 동력 장치, 즉 키케로가 말한 대로라면 웅변의 본질이라는 〈정신의 끊임없는 움직임 motus animi continuus〉을 억제할 수 없었다. 더구나 글을 쓰다가 기력이 점점 부칠 때면 긴장을 풀기 위

---

01 제1차 세계대전이 발발하기 전의 긴장된 유럽의 국제상황을 암시하고 있다.

해 하루에 한 번씩은 꼭 낮잠이 필요했는데, 그날은 낮잠도 잘 수가 없었다. 그래서 그는 차를 마시고 난 뒤에 곧장 야외로 나왔다. 바람을 쐬고 몸을 좀 움직이고 나면 다시 힘을 얻어 저녁 시간을 보내기가 괜찮지 않을까 하는 희망에서였다.

때는 5월 초였지만 습하고도 추운 날씨가 몇 주일 계속되더니 때아닌 한여름 날씨가 엄습했다. 이제 막 연한 나뭇잎들이 돋아났지만 '영국정원'[02]의 날씨는 8월처럼 후텁지근했다. 시내에서 가까운 곳은 자동차와 산책하는 사람들로 붐비고 있었다. 아쉔바흐는 점점 더 한적하고 조용한 길이 나 있는 대로 따라가다가 아우마이스터[03]에서 사람들로 붐비는 야외 식당을 잠시 건너다보았다. 식당 부근에는 합승마차와 호화로운 마차 몇 대가 서 있었다. 막 해가 지기 시작할 무렵에, 거기에서 그는 탁 트인 들판을 지나 공원 바깥으로 걸으며 귀로에 올랐다. 몸이 약간 피곤한 데다 푀링 지역 상공에는 천둥 번개가 칠 것처럼 먹구름이 몰려왔기 때문에, 그는 북쪽 공동묘지로 가서 곧장 시내로 자신을 데려다 줄 전차를 기다리고 있었다.

우연히 정류장은 찾았으나 어쩐 일인지 그 주위에는 사람들이 한 명도 보이지 않았다. 전차의 선로만이 쓸쓸하게 빛을 반짝이고

---

02 세계적인 규모이며 독일에서 최고로 아름다운 공원. 18세기 바바리안 궁정에서 일한 영국인 과학자 벤자민 톰슨 경이 영국풍으로 만들어서 영국정원이라는 이름이 붙었고, 여름에는 누드로 일광욕을 즐기는 사람들이 많아 유명해졌다.
03 뮌헨 어느 지역의 이름.

있었고, 슈바빙 방면으로 뻗어있는 포장된 웅어러 가(街)에도, 푀링 방면의 큰 길에도 전혀 탈 것이라고는 보이지 않았다. 부근의 돌 자르는 석물 공장에서는 팔려고 내어 놓은 십자가, 비석, 기념비들이 무덤 없는 제2의 공동묘지를 이루고 있었는데, 그 공장의 울타리 뒤쪽에도 움직이는 것이라고는 아무것도 없었다. 그리고 영안실 맞은편에 있는 비잔틴 양식의 건물은 저물어가는 하루의 석양빛을 받으며 말없이 서 있었다. 그리스풍의 십자가와 밝은 색깔의 고대 이집트식 그림으로 장식된 그 건물의 정면에는 균형 있게 배열된 비명(碑銘)이 금박 글씨로 쓰여 있었다. 그것은 내세의 삶에 관한 명구로 〈당신은 주님의 성전으로 들어가고 있습니다〉라든지 〈영생의 빛이 그들에게 비치기를!〉 등과 같은 내용이었다. 전차를 기다리고 있던 아쉔바흐는 그 문구들을 읽으면서 자기 영혼의 눈에 희미하게 비쳐 보이는 신비한 밀교에 빠져드는 몇 분 동안 진정으로 무거운 기분을 풀 수 있었다. 그런데 그때 그는 꿈을 꾸는 듯한 몽롱한 상태에서 막 깨어나면서, 옥외 계단을 지키고 있는 두 마리의 묵시록(黙示錄)식의 동물상의 위쪽 주랑(柱廊) 현관에 한 남자가 있는 것을 보게 되었다. 그 사람의 상당히 범상치 않은 모습으로 인해 아쉔바흐는 완전히 다른 방향에서 생각하게 되었다.

그 남자가 홀의 안쪽에서 청동 문을 통해 밖으로 나온 것인지, 아니면 자기가 미처 보지 못한 사이에 바깥에서 다가와 그곳으로 올라간 것인지는 확실치 않았다. 아쉔바흐는 그러한 문제에 별로 깊이 생각하지 않았고 그냥 첫 번째 가정이 맞을 것이라고 생각했다. 크지도 작지도 않은 키, 깡마른 체구, 수염은 없고 유난히 납작한 코를 가진 그 남자는 머리칼은 붉은색이고, 그런 타입에 흔한 우윳빛 피부에 주근깨가 있는 사람이었다. 그는 바이에른 출신이 아닌 게 분명했다. 그러니까 적어도 그가 머리에 쓴, 차양이 넓고 테가 반듯하며 둥그런 인피(靭皮) 모자만 보더라도 그의 외모는 이국적이고 먼 나라에서 온 사람 같은 인상을 주었다. 물론 이 지방에서 흔히 볼 수 있는 배낭을 어깨에 메었고, 확연히 거친 모직인 로덴 천으로 만들어지고, 허리에 벨트를 매는 노란색 신사복을 입고 있었다. 옆구리에 바짝 붙인 왼쪽 팔뚝에는 회색 우의(雨衣)를 걸치고 있었고, 오른손에는 뾰족한 쇳조각이 끄트머리에 박힌 지팡이를 들고 있었다. 지팡이는 비스듬하게 바닥에 짚고, 두 다리는 꼰 채 허리는 지팡이 손잡이에 기대고 있었다. 게다가 머리를 치켜들고 있어서, 헐렁하고 편안한 스포츠 셔츠 위로 삐져나온 깡마른 목덜미에는 목젖이 굵직하게 그대로 드러나 있었다. 빨간 속눈썹이 나 있는 무채색의 눈으로 그는 날카롭게 먼 곳을 살피듯 바라보고 있었다. 그 눈 사이로는 두 줄의 주름살이 수직으로 힘 있게 패어 있어 묘하게도 그의 뭉뚝한 들창코와 잘 어울렸다. 이런 모습 때문에—아마도 서 있는 장소가 높고 또 높아 보이게끔 하는 곳이기에 그런 인상이었는지는 몰라도—그의 태도에는 뭔가를 위압적으로 굽어보는 것 같은 면과 대담함, 심지어 야생적인 면이 있었다. 그것은 어쩌면 지는 해를 바라보느라 눈이 부셔 인상을 찡그린 건지, 아니면 인상 자체가 원래 그렇게 일그러진 것일 수도 있었다. 하여간에 그의 입술이 너무 짧아서, 잇몸이 노출될 정도로 완전히 밀려 올려가, 그 사이로 길고 하얀 이빨이 훤히 드러나 보였다.

아쉔바흐는 반은 얼떨결에 반은 탐색하듯 그 낯선 남자를 아무런 체면도 없이 정신없이 살펴보고 있었다. 왜냐하면 갑자기 그 남자의 시선이 바로 자신을 향해 있다는 것을 알아차렸는데, 그 시선은 아주 호전적이었고 상대편이 눈을 돌릴 때까지 갈 데까지 가보자는 투로 극단적으로 나왔기 때문이었다. 그래서 아쉔바흐는 난처한 느낌이 들어 신중하게 고개를 돌려, 그 남자에게 더 이상 신경 쓰지 말아야겠다고 희미하게 결심하고 울타리 길을 따라 걷기 시작했다. 그는 얼마 지나지 않아서 그 남자를 잊어버렸다. 하지만 그 기이한 남자의 모습에서 엿보인 방랑자 같은 기질이 아쉔바흐의 상상력을 자극했기 때문인지, 아니면 육체적으로든 정신적으로든 어떤 영향을 받았기 때문인지 아무튼 그는 놀랄 정도로 자기 내면이 이상하게 확장된 듯한 기분을 느꼈다. 이 기분은 일종의 정처 없는 마음의 불안이나, 젊은 시절의 먼 곳에 대한 목마른 갈망 같은 것이었고, 또 너무나 생명력 넘치고 새로운 것이긴 하지만 벌써 오래전에 떨쳐버려서 잊어버린 것이었다. 그는 손을 뒷짐 지고 시선을 땅바닥에 떨구고 이러한 감정의 본질과 목표를 알아내기 위해 제자리에 박힌 듯 우뚝 멈춰 서 있었다.

    그것은 바로 여행을 떠나고 싶은 욕구, 그것 외에는 아무것도 아
니었다. 그것은 발작처럼 느닷없이 덮쳤다가 한바탕 열정이 되기도
하고, 정말이지 환각을 일으킬 정도로까지 고조되었다. 그의 욕구
는 눈에 보일 정도로 뚜렷해져 갔다. 몇 시간의 작업 이후에도 좀처
럼 진정되지 않는 그의 상상력은 갑자기 눈앞에 무언가를 그려내
도록 노력하여 세상의 온갖 경이로움과 공포를 보여주는 구체적인
실례를 찾아내었다. 그는 보았다. 어떤 풍경을 보았는데, 김이 자욱
한 하늘 아래 펼쳐진 무시무시하게 큰 열대 늪지대의 습하고 울창
한 풍경이었다. 즉, 섬과 진창, 그리고 진흙으로 뒤덮인 강의 지류를
따라서 형성된 원시 세계의 풍경이었다. ─울창한 양치식물, 기름진
대지를 뚫고 나와 진기하게 꽃을 피워 부푼 식물들 사이로 잎이 무
성한 종려나무 가지들이 여기저기 솟아오른 게 보였다. 기묘하게 생
긴 나무들이 뿌리를 공중에 드러냈다가 땅 속으로, 그리고 녹색 수
초들의 그림자가 어른거리는 수면 아래로 잠기게 했다. 우유처럼 희
고 접시 크기만 한 꽃들이 떠다니는 사이로, 몸을 웅크려 날갯죽지
는 들면서 변형된 주둥이를 가진 낯선 새들이 얕은 물 가운데 꼼짝
도 않고 서서 옆으로 추파를 던지고 있었다. 그리고 마디 많은 대
나무 숲의 줄기들 사이로 호랑이가 눈을 번득거리며 웅크리고 앉아
있는 모습이 보였다. ─그의 가슴은 두려움과 불가사의한 갈망으로
인해 쿵쿵 뛰는 것을 느꼈다. 그러고 나서 환상은 사라졌다. 아쉔바
흐는 머리를 한번 흔들고는 돌 자르는 공장 울타리 곁을 따라 다시

산책하기 시작했다.

적어도 교통수단의 혜택을 마음대로 누릴 수 있는 재산을 지닌 이후로, 그는 여행이란 좋든 싫든 간에 이따금씩 하지 않으면 안 되는 건강상의 조치로 간주했다. 그는 자기 자신과 유럽 정신이 그에게 부과한 과제에 너무 바쁜 나머지, 다채로운 오부 세계를 사랑하는 사람에게 필요한 기분 전환마저 혐오하며 오로지 창작에 대한 의무감에 너무 사로잡혀 있었다. 그래서 사람은 자신의 생활 반경에서 크게 벗어나지 못한 채, 누구나 세상의 표면적인 것만을 얻을 수밖에 없는 것이라 생각하며 매우 만족해했다. 그러고는 그는 유럽을 떠나야겠다는 시도조차 결코 하지 못했다. 이제 자신의 삶이 서서히 쇠퇴해가고, 자신의 예술가적 임무를 완수하지 못할지 모른다는 두려움이—이것은 그가 자신의 본분을 다하여 자신을 완전히 발휘하기 이전에 시간이 전부 흘러갈지도 모른다는 우려에서 생긴 것인데—더 이상 단순한 기우(杞憂)가 아님이 분명해지게 된 이후로, 자신의 외부생활은 오로지 자신의 고향이 된 이 아름다운 도시나, 자신이 산악지대에 마련한 소박한 별장에만 전적으로 한정시켰다. 그는 비 오는 여름철에 바로 그 별장에서 시간을 보내곤 했다.

물론 이처럼 뒤늦게 그것도 느닷없이 그의 마음을 사로잡은 충동 같은 것은 이성에 의해, 그리고 젊은 시절부터 단련된 자기 규율에 의해 곧바로 억제되고 교정되었다. 그는 시골로 거처를 옮기기 전에 자신이 심혈을 기울여 온 작품을 어느 정도까지는 진척시켜 놓고자 했다. 그런데 몇 달간 창작 일에서 손을 떼고 무위도식하면서 세상을 돌아다니겠다는 생각은 너무나 방종하고 계획에 벗어나는 일이어서, 진지하게 고려해 볼 여지조차 없었다. 그런데도 어떤 이유에서 그런 유혹이 그렇게 뜻밖에 마음속에 일게 된 건지는 그 자신이 너무나 잘 알고 있었다. 그것은 그 자신이 인정한 바이지만 도피하고자 하는 충동이었다. 다시 말해 그것은 먼 곳의 새로움에 대한 동경이었고, 해방되고자 하는 욕구였고, 무거운 짐을 덜고 모든 것을 망각하고자 하는 욕구였다. ─그것은 곧 작품에서 벗어나고자 하는 충동이었고, 경직되고 냉정하며 그러면서 정열적인 봉사(奉仕)를 하게하는 일상의 작업장에서 벗어나고픈 충동이었다. 사실 그는 이 봉사를 사랑했다. 강인하고 자랑스러우며 자주 검증된 그의 의지력과 점점 더해가는 피로한 생활 사이에서의 투쟁이자, 매일같이 새롭게 되풀이되는 거의 신경질적인 투쟁을 사랑하기까지 했다. 하지만 그가 지칠 대로 지쳐 있다는 사실은 아무도 알아서는 안 되었고, 작품에서도 결코 포기라든가 실패의 기미를 보여서는 안 되었다. 그렇다고 신경의 활시위를 너무 팽팽하게 긴장시켜서는 안 되며, 활기차게 솟구치는 욕구들을 제멋대로 질식시켜 버리는 것은 분명 바람직하지 않는 것 같았다. 그는 자기 일을 생각해 보았으며, 어제와 마찬가지로 오늘 또다시 손을 놓을 수밖에 없었던 그 부분에 관해 생각해 보았다. 그 부분은 아무리 참을성 있게 다듬고 손질을 하려 해도, 또 재빠르게 어루만지려 해도 해결될 것 같지 않았다. 그는 그 부분을 재차 검토해 보고, 막힌 곳을 뚫어보거나 해결해 보려고 노력해 보았지만 결국에는 역겨운 감정에 치를 떨며 그 시도를 중단하고 말았다. 그렇다고 사실 그 부분에 특별한 어려움이 있었던 것은 아니었다. 그를 마비시킨 것은 불쾌감에서 생긴 회의적인 감정이었다. 그것은 더 이상 그 어느 것을 통해서도 만족될 수 없는 불만감이라는 형태로 나타났던 것이다. 물론 불단감은 젊은 시절의 그에게 재능의 본질이자, 재능의 가장 핵심적인 속성으로 간주되었다. 또한 그 불만감 때문에 그는 감정을 억제하기도 하고 냉각시키기도 했었다. 왜냐하면 감정이라는 것이 즐겁게 대충 처리된 일이나 또 반쯤 완성된 일에도 만족해 버리는 경향이 있다는 것을 알았기 때문이다. 그렇다면 지금에 와서 그 억압당한 감정이 그를 저버리고, 그의 예술이 장차 감당하고 날개를 다는 것을 거부하며, 형식과 표현에 대한 모든 욕구와 열망을 빼앗아가면서 복수를 하는 것일까? 그래도 그는 나쁜 작품을 만들어내지는 않았는데, 이 점은 그가 최소한 자기의 연령 덕분으로 매순간 태연하게 자신의 대가다운 솜씨를 느낄 수 있음을 의미했다. 하지만 온 국민이 그의 대가다운 솜씨를 존경했음에도 그는 자신의 그런 솜씨에 기쁨을 느낄 수 없었다. 자신의 작품에는 화염처럼 불타오르며 유희하는 변덕스런 특징이 결여된 듯 느껴졌다. 그 변덕스런 특징은 기쁨의 산물, 어떤 내면적인 내용 이상의 그 어떤 것, 그 무엇보다 중요한 것, 세상의 삶을 향유하는 기쁨 등을 만들어주는 것이었다. 그는 시골에서 보내게 될 여름이 두려웠다. 음식을 만들어주는 하녀와 음식을 날라다 주는 하인만을 데리고 작은 집에서 홀로 보내게 될 그 여름을 생각하니 말이다. 게다가 산꼭대기와 산 암벽의 친숙한 모습을 생각하는 것도 두려웠다. 그렇게 되면 불만족스럽게도 진척되지 않는 자신의 일에 둘러싸이게 될지도 모른다. 그래서 잠시 어떤 활력소가 필요했다. 여름을 그럭저럭 견딜 만하고 유익하게 보내기 위해서는 순간순간의 즐거움과 빈둥거리는 생활, 이국(異國)의 공기와 새로운 피의 공급 등이 필요했다. 그렇다면 여행을 떠나는 것이었다. ─그는 이 생각에 만족했다. 아주 먼 곳, 그러니까 호랑이가 나오는 머나먼 곳까지는 아니더라도 말이다. 하룻밤쯤 침대칸에서 보내고, 멋진 남쪽의 어느 평범한 휴양지에서 서너 주 동안 낮잠을 즐기면서 지낸다면 말이다……

그가 이런 생각에 잠겨 있는 동안 전차가 웅어러 거리 쪽에서 점점 다가오는 소리가 들렸다. 그는 전차에 올라타면서 오늘 저녁에는 지도와 기차 시간표를 알아볼 궁리를 해야겠다고 마음먹었다. 승강대에 올라서자 그는 문득 이곳에 잠깐 머무르며 자신의 동반자가 된 듯한 인피 모자를 쓴 남자를 찾아봐야겠다는 생각이 떠올랐다. 하지만 그 남자가 어디에 있는지 분명하지가 않았다. 아까 있던 자리에도 없었고, 그 다음 정거장에도 없었으며, 또 전차 안에서도 그의 모습은 찾아볼 수 없었다.

제2장

프러시아의 프리드리히 대왕의 생애에 관한 명쾌하고도 힘찬 산문 서사시를 쓴 작가. 하나의 이념의 음영 안에 수많은 다채로운 인물들의 운명을 모아, 《마야》라는 장편 소설의 구조 안에 집약적으로 엮어 넣는 데 오랜 시간 성실하게 임했던 인내심 많은 예술가. 〈비참한 남자〉라는 소설을 써서 감사할 줄 아는 젊은 세대에게 가장 깊은 인식의 피안(彼岸)을 탐구하여 단호한 도덕성의 가능성을 여전히 보여준 그 힘 있는 작품의 창작자. 그리고 마지막으로 (이것으로 간단하게 그의 성숙기의 작품들을 제시한 셈ˇ다) 〈정신과 예술〉이라는 열정적인 논문의 저술가(이 논문의 논리적 힘과 반대 명제를 제시하는 서술방식을 진지한 비평가들은 쉴러의 〈소박문학과 감상문학에 대하여〉라는 논문과 견줄 만하다고 평가했다). ─ 이 구스타프 아쉔바흐는 슐레지엔 지방의 군청 소재지 L시에서 고위법관의 아들로 태어났다. 그의 선조들은 장교, 법관, 형정관료 등을 지냈으며 왕과 나라를 위해 봉사하며, 엄격하고 예의 바르게 검약한 삶을 살았다. 이 가문의 보다 내적인 정신성은 조상들 중 한때 성직자였던 분이 나옴으로써 구현되었다. 반면 보다 성마르고 관능적인 핏줄은 바로 이전 세대에 이 작가의 어머니, 즉 보헤미안적 기질을 지닌 악장(樂長)의 딸을 통해 이 가문에 전해졌다. 그러니까 그의 작품에 나타나는 이방인의 특징들은 바로 그의 어머니에게서 유래했다. 직분을 다하는 냉철한 성실성과 보다 어둡고 보다 열정적인 충동이 결합함으로써 한 명의 예술가, 이 특별한 예술가가 생겨나게 되었던 것이다.

그의 삶 전체는 명성에 초점을 맞추고 있었기 때문에, 또한 그는 사실 조숙하지는 않았지만 그의 목소리에서 느껴지는 단호함과 확실한 개성 덕분에, 일찍부터 그는 세상에 대해 능숙하고 노련하게 대처할 줄 알았다. 그는 고등학교 시절에 벌써 명성을 얻었다. 그 10년 후에는 자신의 서재에 앉아서 신분에 맞게 행동하고 명성을 관리하는 법을 익혔으며, 그리고 짧은 편지글에서도 (왜냐하면 성공한 작가이자 신뢰를 주는 작가인 그에게 독자들로부터 많은 요구들이 밀려왔기 때문에) 자기 자신이 온화하고 중요한 사람이라는 것을 독자들이 여기도록 하는 법을 익혔다. 40대가 되어 그는 글쓰기 작업이 너무 힘들고 그 기복이 심해 기진맥진한 채, 매일같이 세계 각국의 우표가 붙은 우편물을 처리하지 않으면 안 되었다.

그의 재능은 진부한 것과는 거리가 멀었고 그렇다고 특별한 것도 아니어서, 폭넓은 대중들에게는 신뢰를 얻은 동시에 보다 까다로운 사람들에게는 경탄과 요구가 뒤섞인 관심을 얻게 되었다. 그래서 이미 젊은 시절부터 사방에서 업적을—그것도 특출한 업적을—내도록 의무를 짊어주었기에 그는 결코 빈둥거리며 산 적이 없었고, 아무 걱정 없이 젊은 시절을 될 대로 되라는 식으로 살아본 적이 없었다. 그가 서른다섯 살이 되어 빈에서 병이 들어 누워 있을 때, 그를 지켜보던 어떤 예민한 남자가 여러 사람이 모여 있는 자리에서 그에 대하여 말하기를, "보십시오, 아쉔바흐는 예전부터 이렇게만 살아왔습니다." —그러면서 그 남자는 왼손을 오므려 주먹을 꽉 지어 보였다. —"결코 이렇게 지낸 적은 없습니다"—하면서 그는 왼손을 펴서 안락의자 등받이 위에 축 늘어뜨려 보였다. 그건 맞는 말이었다. 그가 용감하고 도덕적일 수 있었던 것은 결코 그가 튼튼하게 태어나서가 아니라, 항상 긴장해 있어야 한다는 소명감을 느꼈기 때문이었으며, 원래 그렇게 태어난 것은 아니었다.

의사의 보살핌이 필요했던 소년은 학교를 그만두고 집에서 가정교육을 받아야만 했다. 친구도 없이 혼자 자랐지만 그는 차츰 자신이 어떤 족속에 속한다는 것을 깨닫지 않을 수 없었다. 그러한 족속의 특이함은 재능이 부족한 게 아니라, 그 재능을 발휘하는 데 필요한 기본 체력이 부족하다는 점이다. 그러한 족속은 초년에 곧잘 최고의 성과를 거두기는 하지만, 노년에 이르기까지 능력을 발휘하는 경우는 드물었다. 하지만 그가 좋아하는 말은 "끝까지 버텨라!"

는 말이었다. ―그는 프리드리히 대왕을 다룬 자신의 소설을 바로 이 명령어가 신격화된 작품으로 간주했으며, 이 명령어가 그에게는 고통 속에서 행동하는 미덕의 화신으로 여겨졌다. 또한 그는 노년이 되기를 손꼽아 기다렸다. 왜냐하면 그는 예전부터 진정으로 위대하고 폭넓은 것, 그러니까 진정으로 존경할 만한 것으로 명명되는 것은 예술가적 재능인데, 그 재능은 사람들이 살아가면서 경험하는 모든 단계들에서 그 나름대로 독특한 결실을 거둘 수 있는 운명을 부여받는 것이라고 생각했기 때문이었다.

그래서 그가 그러한 재능으로 인해 떠안은 과제를 자신의 가냘픈 양 어깨에 짊어지고 앞으로 계속 나아가야 했기 때문에 그에게는 극도의 규율이 필요했다. ―그런데 다행스럽게도 규율은 그가 아버지로부터 물려받은 타고난 유산이었다. 나이가 마흔이 되고, 쉰이 되어 다른 사람들은 시간을 낭비하고, 몽상에 도취되고, 큰 계획의 실행을 유유자적하게 미루고 있는 동안에, 그는 가슴과 등에 찬물을 끼얹었으며 제때에 하루 일과를 시작했다. 그러고 나서 원고지 머리맡 은촛대에 한 쌍의 기다란 초를 끼워 밝히고, 수면으로 비축해 두었던 힘을 정열적이고 양심껏 오전 두세 시간 동안 예술을 위해 전부 바쳤다. 아무것도 모르는 사람들이 그의 장편 소설《마야》의 세계나 또는 프리드리히 대왕의 영웅적 삶이 펼쳐지는 대서사 작품을 가리켜 농축된 힘과 기다란 호흡의 산물이라고 간주하더라도, 그것은 용서해 줄 만한 일이었다. 이는 사실 그의 도덕성의 승리를 의미했다. 그런데 사실은 그 작품들은 오히려 수백 가지 개별적인 영감을 매일매일 조금씩 층층이 쌓아올려 위대해졌으며, 바로 그 때문에 그렇게도 철저하게 작품의 구석구석이 뛰어났던 것이다. 다시 말해, 이 작품들의 창조자는 자신의 고향을 정복할 때 프리드리히 대왕이 보여주었던 것과 유사하게, 끈기와 불굴의 의지로 여러 해 동안 동일한 작품의 긴장을 견뎌내면서 자신의 가장 원기왕성한, 가장 가치 있는 아침 시간을 오로지 작품을 실제로 창작하는 데에 바쳤기 때문이었다.

어느 중요한 정신적 작품이 즉시 폭넓고 깊은 영향력을 발휘할 수 있기 위해서는 작가 개인의 운명과 동시대인의 보편적인 운명 사이에 은밀한 유사성 내지는 일치점이 있어야 한다. 사람들은 무엇 때문에 자신들이 어느 예술 작품에 명성을 쿠여하는지 알지 못한다. 전문적인 지식과는 거리가 먼 그들은 대중들의 관심을 정당화하기 위해서 대중들의 관심을 끈 작품에서는 수백 개의 장점들을 발견할 수 있다고 생각한다. 하지만 그들이 찬사를 보내는 실제적인 이유는 바로 공감 때문이다. 즉, 무언가 헤아려 볼 수 없고, 비이성적인 끈 때문이다. 아쉔바흐는 언젠가 별로 눈에 띄지 않는 대목에서, 세상의 거의 모든 위대한 것은 〈그럼에도 불구하고〉로서 존재하는 것이라고 직접 언급한 적이 있다. 근심과 고통, 가난, 고독, 신체의 허약, 악덕, 열정과 수많은 장애물에도 블구하고 존재한다는 것이다. 그러나 이 말은 하나의 소견 이상의 말로서 그의 체험이었으며, 그의 삶과 명성을 알리는 공식(公式)이자 그의 작품을 이해하는 열쇠였다. 그러므로 그 말이 곧 그의 작품 속 특유한 인물들의 도덕적 성격이 되고 그 인물들의 외적인 행동이 된다고 해도 이상할 것이 대체 뭐가 있겠는가?

이 작가가 특히 좋아하고, 각양각색의 개성으로 되풀이되는 새로운 유형의 주인공에 대해서는 이미 어느 현명한 비평가가 다음과 같이 썼다. 그의 작품의 전형적인 주인공은 〈몸에 칼과 창이 뚫고 들어오는 치욕적인 순간에도 이를 악물고 의연하면서도 조용히 서 있는 지성적이고 젊은이다운 남성적 모습〉의 착상이라는 것이었다. 그 분석은 언뜻 보기에 너무 수동적인 특징을 강조한 것 같지만, 멋지고 재치 있으며 정확한 비유였다. 왜냐하면 운명을 대처하는 정신적 자세, 즉 고통스런 상황에서 우아한 품위를 지키는 것이 단순히 인내만을 의미하지는 않기 때문이다. 그런 태도는 능동적인 업적이고, 긍정적인 승리인 것이다. 그래서 성 세바스티앙의 모습이야말로 예술 전체에서 그런 것은 아니라 하더라도 현재 우리의 화제가 되고 있는 예술 작품에서는 확실히 가장 아름다운 상징인 것이다. 이 작품에서 서술된 세계를 들여다보면, 우리는 내면의 공허함, 육체적인 몰락을 마지막 순간까지 세상 사람들의 눈앞에서 숨기고 있는 우아한 자기 통제를 볼 수 있는 것이다. 그것은 가슴속에서 연기만 그을리며 타들어가는 욕정을 순수한 불꽃으로 활활 타오르게 할 수 있고, 물론 그래서 미의 왕국을 지배하기 위해 비상할 수도 있는, 누렇고 전혀 끌리지 않는 추악함이다. 이글거리며 작열하고 있는 정신의 깊숙한 곳에 가서 힘을 빌려와 모든 오만불손한 군중을 십자가의 발치에 모이게 하고 자신의 발밑에 무릎 꿇게 할 수 있는 창백한 무기력함이다. 공허하고 엄격한 형식에 봉사하는 우아한 자세이며, 그릇되고 위험한 삶이자, 순간적으로 사람의 기력을 마비시키는 욕정이며 타고난 사기꾼의 예술이다. 이 모든 운명과 이와 비슷한 많은 것들을 주의 깊게 관찰하면, 도대체 유약한 영웅주의 이외에 다른 어떤 영웅주의가 있는지 의심하게 될지도 모른다. 아무튼 어떠한 영웅주의가 이보다 더 시대에 맞는 것이 있단 말인가? 구스타프 아쉔바흐는 시인이었다. 그것도 거의 탈진 상태에서 일하는 사람들, 과중하게 부담을 받은 사람들, 이미 녹초가 되어버린 사람들, 아직은 그래도 꼿꼿하게 자신을 지탱하고 있는 사람들의 시인이었다. 또 신체도 허약하고 경제적으로도 빠듯한 중에도 초인적인 의지를 갖고 현명하게 자기 관리를 하여 적어도 얼마 동안은 위대한 영향력을 발휘한 모든 업적주의 도덕가들의 시인이었다. 그런 도덕가들은 적지 않았고, 그들이 이 시대의 영웅들이었다. 그리고 이 모든 사람들은 아쉔바흐의 작품 속에서 자신을 재인식했고, 자신들이 인정받고, 떠받들어지며, 찬미되는 것을 알았으며, 이들은 그에게 감사할 줄 알았으며 그의 이름을 세상에 널리 알렸다.

젊은 시절 그는 시대에 맞추어 세련되게 행동하지 못했고, 또 시대의 흐름에 역행하여 공적(公敵)으로 좌절을 맛보기도 했고, 실수를 범해 창피를 당하기도 했으며, 말이나 작품에서 예절과 분별에 어긋나는 일을 저지르기도 했다. 하지만 그는 품위는 잃지 않고 있었는데, 그가 주장한 바에 의하면, 모든 위대한 재능에는 품위를 얻기 위한 자연스런 충동과 자극이 선천적으로 내재되어 있다는 것이다. 그러니까 그의 모든 작가적 발전은 회의와 반어라는 온갖 장애를 뒤로 남기며 오로지 품위를 얻기 위해 의식적이고 반항적으로 기어오르는 상승 과정이라고 말할 수 있었다.

지적인 요구에 구애 받지 않고 구체적인 인물을 생생하게 형상화하면 시민층의 대중을 즐겁게 해줄 수 있다. 하지만 혈기 왕성하고 무조건적인 젊은이들은 다만 문제성이 있는 경우에만 사로잡을 수 있다. 그런데 아셴바흐는 문제성이 있는 작가였고, 어느 젊은이 못지않게 무조건적이었다. 그는 정신의 노예가 되어 인식을 과하게 파고들어, 뿌려야 할 씨앗을 찧어 가루로 만들 정도로 실질적 성과는 도외시했으며, 비밀을 누설하였고, 재능을 의심하였으며, 예술을 배반하였다. — 정말이지 그의 예술 작품들이 그를 믿고 따르는 독자들을 즐겁게 하고 고양시켜 주며 활기를 불어넣어 주는 것은 사실이었다. 하지만 젊은 예술가 시절의 그 자신은 예술과 예술가적 정신 자체에 내재된 수상쩍은 본질에 대해 냉소적 태도를 보임으로써 20대 청년들을 바짝 긴장시켰다.

그러나 고귀하고 유능한 정신은 아마도 인식의 날카롭고 신랄한 자극에 의해서 가장 급격하고도 철저하게 무뎌지는 것 같다. 그리고 청년 시절의 우울하고도 지극히 양심적인 철저성은 대가가 된 장년의 심원한 결의와 비교한다면 천박한 것이 분명하다. 대가가 된 장년의 작가는, 지식이 의지와 행위, 감정, 심지어 열정을 조금이라도 마비시키거나 기를 꺾거나 모욕을 주는 경향이 있는 한, 그 지식을 부정하고 거부하며 고개를 치켜든 채 그 지식을 뛰어넘어 버리는 것이다. 〈비참한 남자〉라는 저 유명한 소설이 그 시대의 상스러운 심리주의를 향한 역겨움의 분출로 해석하는 이외에 달리 어떻게 해석될 수 있겠는가? 이런 역겨움의 분출로 형상화된 그 남자는 무기력 때문에, 악습 때문에, 그리고 윤리적인 불신 때문에, 자신의 아내를 젊은 애송이의 품속에 밀어 넣고도, 자기 마음속 깊은 곳에서는 파렴치한 행동을 저질러도 된다고 믿으면서, 자신의 운명을 사취(詐取)하는 저 나약하고 어리석은 건달이다. 이 작품에서 타락을 비난하는 언어의 힘은 온갖 도덕적 회의의 거부, 죄의 구렁텅이에 대해 느끼는 모든 공감의 거부를 알렸다. 모든 것을 이해한다는 말은 모든 것을 용서한다는 동정적인 문구가 의미하는 관대함을 거부한다고 예고했다. 그리고 여기서 준비되고 있었던 것, 말하자면 이미 완수된 것은 '다시 태어난 소박함의 기적'이었다. 이러한 기적에 대해서는 얼마 후에 가진 작가의 인터뷰들 중의 하나에서 분명하게, 그리고 비밀스런 강조를 섞어서 언급되고 있다. 참으로 묘한 연관성이 아닌가! 사람들이 이 무렵 그의 미적 감각이 지나칠 정도로 강화되었다고 느끼고, 형식 창조에 있어서도 고귀한 순수성과 단순성 그리고 균형미로 말미암아, 그의 작품들이 이제부터 대가다움과 고전주의라는 고전적 명작의 직관적 특징이 나타났다고 관찰한 것은 아마도 이러한 '다시 태어남', 이 새로운 품위와 엄격함이 낳은 정신적인 결과가 아니었을까? 하지만 지식의 저편에 있는 도덕적인 단호함, 해체하고 제지하는 인식의 저편에 있는 결연한 도덕성—이것이 다시금 세계와 영혼을 단순화시키고 도덕적으로 획일화시켜, 그 결과 또한 사악한 것, 금지된 것, 윤리적으로 불가능한 것에 대한 강화를 뜻한 것이 아닐까? 그러니까 형식은 두 가지 얼굴을 가지고 있는 것이 아닐까? 형식은 윤리적인 것이고, 동시에 비윤리적인 것이 아닐까? 규율의 결과와 표현으로서의 형식은 윤리적이다. 하지만 형식이 본래적으로 도덕적 무관심을 자체에 내포하고 있으며 거기다가 본질적으로 자신의 오만하고도 절대적인 지배하에 도덕적인 것을 굴복시키려고 애를 쓰고 있는 한, 형식은 비윤리적이고 심지어 반윤리적인 것이 아닐까?

그것이 어떻든 간에 상관없다! 발전이라는 것은 하나의 운명이다. 그런데 일반 대중의 지지와 폭넓은 신뢰를 수반하는 발전이, 어째서 명성의 찬란함과 그에 뒤따르는 의무 없이 진행되는 발전과 다른 궤적을 밟아서는 안 된다는 말인가? 위대한 재능을 가진 사람이 방종의 유치한 단계에서 벗어나서 정신의 위엄을 표현하고 재현하는 데 익숙해지고, 충고해 주는 사람 하나 없이 가혹하게 혼자서 고통을 겪으며 자기와의 싸움 속에 있고, 또 사람들 가운데서는 권력과 명예를 가져다주는 고독이라는 예의범절을 받아들인다면, 영원한 집시 기질을 가진 사람만이 이를 지루하게 생각하고 그것을 비웃고 싶은 생각이 들 것이다. 말이 나왔으니 하는 말이지만, 재능이 자신의 모습을 만들어가는 데에는 얼마나 많은 유희와 반항과 즐거움이 있어야 하는가! 날이 갈수록 구스타프 아쉔바흐가 내놓는 작품에서는 다소 공적(公的)이며 설교하는 요소가 나타났다. 그의 문체는 나중에 가서는 직설적인 대담성이 부족하고, 새롭고도 미묘한 음영(陰影)을 결여하게 되었다. 그 대신 표준이 될 만한 확고한 문체, 갈고 닦아 세련된 전통적 문체, 보존적 문체, 형식을 갖춘 문체, 심지어 상투적 문체로까지 변해 갔던 것이다. 그리고 루이 14세가 예전에 그랬다고 전해져 내려오듯이, 노년에 접어든 아쉔바흐는 자신이 쓰는 용어에서 천박한 단어를 모조리 추방해 버렸다. 이때 교육 당국은 그의 작품 중에서 몇 페이지를 선택하여 국정 교과서에 싣기도 했다. 그것은 그의 마음에 부합되는 일이었다. 그리고 그는, 어느 독일 영주가 즉위를 한 지 얼마 안 되어 〈프리드리히 소설〉의 작가인 그에게 50세 생일을 맞아 개인적으로 귀족의 칭호를 수여하자, 그것을 고사하지 않았다.

불안정하게 몇 년을 보내며, 시험 삼아 이곳저곳을 살아보다가 그는 일찌감치 뮌헨을 영구적인 주거지로 선택했다. 그리고 그곳에서 그는 명예로운 시민계급의 신분으로 살았는데, 그 신분은 정신적인 일에 종사하는 사람에게는 아주 특수한 예외적인 경우에만 주어지는 특권이었다. 아직 젊었던 시절에 학자 집안 출신의 한 여자와 결혼 생활은 꾸렸는데 행복했던 짧은 시기가 지난 후 아내의 죽음으로 그만 끝나고 말았다. 그에게는 벌써 결혼한 딸이 하나 있었으며, 아들이라곤 애당초 없었다.

구스타프 폰 아쉔바흐는 중키가 조금 못 되고 연갈색 피부에, 면도는 깔끔하게 하는 남자였다. 그의 머리는 거의 아담하다고 할 수 있는 체구에 비해 상당히 큰 편이었다. 뒤쪽으로 빗어 넘긴 그의 머리칼은 정수리 근처는 이미 듬성듬성했으나, 관자놀이 근처엔 숱이 많고 대단히 희끗희끗해 있었다. 머리카락에 감싸인 흰한 이마는 주름이 깊이 패어져 마치 흉터가 난 것처럼 보였다. 테두리 없는 금테 안경의 코걸이는 고상하게 휘어진 뭉툭한 코의 윗부분에 꽉 끼어 있었다. 입은 컸으며, 자주 맥없이 풀려 있다가, 때로는 갑작스럽게 좁아지며 오므리기도 하였다. 뺨은 야위고 고랑이 패어 있었고, 잘 생긴 턱에는 부드러운 골이 져 있었다. 중대한 운명의 순간들은 대체로 애절한 각도로 기울어져 있는 이 사람의 얼굴 위를 그냥 지나쳐 버린 모양이었다. 하지만 보통의 경우에 그와 같은 관상학적 형태를 만들려면 힘들고 파란 많은 인생이어야 하겠지만, 그의 경우에 있어서는 예술이 그러한 인상을 만들어 놓은 것이었다. 저 이마 뒤로 전쟁에 관해 볼테르와 국왕 사이의 불꽃 튀기는 문답이 있었다. 안경알 너머로 그윽하게 바라보는 지친 이 두 눈으로 7년 전쟁 당시 야전 병원에서 피비린내 나는 지옥을 본 것이었다. 또한 개인적으로 볼 때에도, 예술은 결국 일종의 고양된 삶이다. 예술은 한층 더 깊은 행복을 주었다가, 한층 더 신속하게 기력을 소진시킨다. 예술은 그것에 봉사하는 사람의 얼굴에다 정신이 상상했던 모험의 흔적을 각인시켜 준다. 그래서 예술은, 외적 생활이 수도원에서 지내는 것처럼 조용히 영위된다 하더라도, 결국에는 방탕한 열정과 향락으로 가득 찬 삶에서도 도저히 불러일으키지 못할 것 같은 그러한 야단법석과 지나친 섬세함, 피로와 신경질적인 호기심을 낳게 되는 것이다.

제3장

여행하고자 하는 의욕이 왕성해진 아쉔바흐는 그날 산책을 한 뒤에도 세속적이고 또 문학과 관련된 몇 가지 일들 때문에 약 2주 동안 더 뮌헨에 머물러 있어야 했다. 그러다가 마침내 그는 하인들에게 자신의 산악 별장에 4주 뒤에 들어갈 수 있게끔 준비해 놓으라는 지시를 하였다. 그리고 5월 하순의 어느 날 야간열차를 타고 트리에스트를 향하여 여행을 떠났다. 거기서 그는 24시간만 머무르고 바로 그 다음 날 아침에 폴라 행(行) 배에 올라탔다.

그가 찾으려고 한 것은 이질적이고도 친숙하지 않은 현장이었음에도, 그것에 금방 도달할 수 있을 것이라 생각했다. 그래서 그는 최근 몇 년 전부터 유명해진 아드리아 해에 있는 어느 섬에 머물렀다. 그 섬은 이스트리아 해안에서 그리 멀지 않았는데, 그곳에는 울긋불긋하며 다 떨어진 옷을 걸치고 완전히 낯선 언어를 말하는 원주민들이 살고 있었고, 아름답게 뾰족뾰족한 바위 절벽 앞에는 탁 트인 바다가 펼쳐져 있었다. 하지만 비와 무거운 공기, 소시민적이고 폐쇄적인 오스트리아의 호텔 손님들, 그리고 부드러운 모래사장만이 제공해 줄 수 있는 바다와의 조용하고 내밀한 관계의 결핍, 이로 인해 그는 기분이 상했으며 또 자기가 목표로 하는 장소를 찾았다는 느낌이 들지 않았다. 어디로 향할 것인지 아직도 명확하지 않은 상태에서 그의 마음속의 어떤 충동이 그를 불안하게 하였다. 그래서 그는 배의 시간표를 알아보았고, 무언가를 찾아 두리번거리며 주변을 살펴보았다. 그러는 동안에 갑자기, 정말 뜻밖인 동시에 당연하게도 가야 할 행선지가 그의 눈앞에 떠올랐다. 단 하룻밤 동안 이루 비교할 바 없는 곳, 동화처럼 환상적인 일탈(逸脫), 이러한 곳을 원한다면 어디로 가야 할 것인가? 하지만 그건 분명하다. 여기서 무엇을 하고 있었단 말인가? 그는 길을 잘못 들었던 것이다. 애당초 그쪽이 그가 여행하고 싶었던 곳이었던 것이다. 그는 망설임 없이 이곳의 잘못된 체류를 취소시켰다. 그 섬에 도착한 지 일주일하고도 반이 지난 뒤 어느 안개 낀 새벽에 한 척의 재빠른 모터보트가 물살을 가르며 그와 짐을 군항에 도로 실어다 주었다. 거기서 그는 뭍에 내렸으며, 그 즉시 가교를 건너 증기를 뿜어대며 베네치아로 떠날 준비를 하고 있는 어느 기선의 축축한 갑판 위로 올라탔다.

그것은 이탈리아 국적의 배로서, 보기에 쾌적해 보이는 배였지만 너무 낡았고 검게 그을려 우중충했다. 아쉔바흐가 배에 오르자마자 불결하게 생긴 곱사등이 선원 하나가 예의를 차린다고 히죽히

죽 웃으며 배 안쪽으로 들어가라고 권했다. 동굴 속 같은 선실에는 인공조명이 비추고 염소수염을 기른 남자 하나가 책상 뒤쪽에 앉아, 모자는 비스듬하게 이마에 걸쳐 쓰고 입가엔 담배꽁초를 물고 있었는데, 한물간 옛날 곡마단 단장 같은 인상을 하고 책상 뒤쪽에 앉아 있었다. 그는 얼굴을 찡그리고 약간은 사무적인 태도로 여행객들의 신상명세를 기록하고는 그들에게 승차권을 발급해 주고 있었다. "베네치아 행!" 하고 그 남자는 팔을 뻗어 비스듬하게 기울여놓은 잉크병 안의 빽빽한 찌꺼기에다가 펜을 꽂으면서 아셴바흐가 요청한 말을 그대로 되풀이해서 말했다. "베니치아 행, 일등석! 네, 됐습니다, 선생님!" 그런 다음 그는 괴발개발 갈겨쓰고 그 글씨 위에다 조그만 상자에 든 푸른 모래를 뿌리고는 그 모래를 어떤 도자기 그릇 속으로 흘러 떨어지도록 했다. 그런 뒤 마디가 굵은 누런 손가락으로 종이를 접고는 그 위에 다시 글씨를 썼다. 그러는 사이에 그 남자는 이렇게 수다를 떨어댔다. "여행 목적지로는 정말 탁월한 선택이었습니다. 아, 베네치아라! 정말 멋진 도시죠! 과거의 역사로 보나 지금 현재의 매력으로 보나 교양인에게는 거역하기 어려운 매력을 발산하는 도시죠!" 매끈하고 민첩한 동작과 거기에 뒤따르는 공허한 수다는 무언가 사람의 정신을 얼떨떨하게 하고 주의를 다른 데로 돌리게 만들었다. 이를테면 그는 마치 베네치아로 가려는 이 여행객의 결심이 흔들릴까봐 염려라도 하는 것 같았다. 그는 서둘러 돈을 받아서 도박장 종업원처럼 재빠르게 자기 몫인 차액(差額)을 얼룩이 묻은 탁자보 위에 떨어지도록 했다. 그는 연극배우처럼 허리를 굽히면서 말했다. "즐거운 시간 보내십시오, 선생님! 여러분을 모시게 되어 영광입니다…… 여러분!" 그는 즉각 팔을 치켜들어 외치고는 표를 끊으려는 사람이 더 이상 없음에도 불구하고 사업이 아주 잘되고 있는 것처럼 행동했다. 아쉔바흐는 갑판 위로 되돌아갔다.

아쉔바흐는 한쪽 팔을 난간에 기댄 채, 배가 떠나는 것을 구경하려고 부둣가를 할 일 없이 어슬렁거리는 무리들과 뱃전에 서 있는 승객들을 관찰하고 있었다. 이등석 승객들은 남자고 여자고 할 것 없이 상자와 보따리를 깔개로 이용하여 뱃머리 갑판 위에 웅크리고 앉아 있었다. 한 무리의 젊은이들이 이탈리아로 여행을 간다고 기분이 들떠서 제1갑판의 단체 여행객을 이루고 있었다. 아마도 폴라 시의 상점 종업원들인 것 같았다. 이들은 자신들과 자신들의 계획에 대해 꽤나 야단법석을 떨면서 잡담을 하거나 웃고, 흡족한 듯 제멋에 들떠서 독특하고 흥겨운 몸짓을 하고 있었다. 이들은 난간 너머로 몸을 굽힌 채 여행을 못하는 동료들에게 온갖 소리로 놀려대며 외치고 있었다. 그 동료들은 팔에 서류가방을 끼고 볼일을 보기 위해 부두 길을 따라 걸어가면서 여행을 떠나는 자들을 향해 가느다란 지팡이로 먼저 위협했던 터였다. 이때 한 남자가 다른 사람들보다 유달리 쾌활하게 새된 목소리로 큰 소리를 질러 댔다. 이 남자는 지나치게 유행을 따라 재단한 연노란색 여름 양복을 입고 빨간색 넥타이를 매고 대담하게 위로 휘어진 파나마모자를 눌러쓰고 있었다. 그런데 아쉔바흐가 그 남자를 좀 더 자세히 살펴본 순간 그 사람이 젊은이가 아닌 것을 알고 깜짝 놀랐다. 그 남자는 늙은이였다. 그것은 의심할 여지가 없었다. 그의 눈과 입 주위에는 온통 주름이었다. 뺨이 연하게 붉은빛을 띠는 것은 화장을 한 탓이었고, 울긋불긋한 테를 두른 파나마모자 아래의 갈색머리는 가발인 데다가 목덜미는 축 늘어졌으며 힘줄이 불거져 나와 보였다. 치켜 올린 콧수염과 턱과 아랫입술 사이의 수염은 염색한 것이었고, 웃을 때 드러나는 누렇고 결이 고른 치아는 싸구려 의치였다. 양쪽 집게손가락에 인장 반지를 끼고 있는 두 손은 분명 늙은이의 손이었다. 아쉔바흐는 오싹한 기분으로 그 남자가 그의 친구들과 함께 어울리는 모습을 지켜보았다. 그의 친구들은 그 남자가 노인이라는 것을 알지도 눈치 채지도 못했을까? 또 그 남자가 어울리지 않게 멋을 잔뜩 부린, 젊은이들이나 입는 알록달록한 옷을 부당하게 입고, 부당하게 자기들의 동료인 척하고 있다는 것을 몰랐던 것일까? 보아하니 이들은 당연하고도 자연스럽게 그가 자기들 가운데 끼어 있는 것을 허용하고 그를 자기네들의 동료로 취급하며, 옆구리를 쿡쿡 찌르는 그의 짓궂은 장난에도 아무런 거부감 없이 똑같이 응대하고 있는 것 같았다. 도대체 어찌된 일일까? 아쉔바흐는 한 손으로 자기 이마를 가리고, 잠을 별로 못 자서 화끈거리는 두 눈을 감았다. 모든 것이 평상시와 아주 다른 것 같았다. 어쩐지 이 세상이 기이하게 왜곡되었다는 느낌과, 꿈속과 같이 낯선 느낌이 들기 시작하는 것 같았다. 그래도 얼굴을 가려 조금 어둡게 했다가 새로 주위를 둘러보면 그 느낌이 쉽게 사라질 것 같기도 하였다. 하지만 바로 그 순간 그에게는 붕 떠서 헤엄치는 듯한 기분이 엄습해왔다. 그리고 이유 없이 놀라서 고개를 들어 주위를 살펴보니 그가 타고 있던 육중하고 우중충한 배가 서서히 부두를 빠져나가고 있었다. 배의 기관이 앞뒤로 움직이는 동안에 부둣가와 배 사이로 지저분하게 아른거리는 물결 떼가 약간씩 퍼져 나갔고, 증기선은 느릿느릿 진로변경을 한 다음 뱃머리의 돛대를 탁 트인 바다 쪽으로 돌리고 있었다. 아쉔바흐는 우현(右舷) 쪽으로 걸음을 옮겼다. 거기서 그 곱사등이 선원이 그를 위해 접이식 의자를 펴주었고, 얼룩무늬 연미복을 입은 안내원이 혹시 시킬 일이 없는지 물어보았다.

하늘은 잿빛이고, 바람은 습기를 머금어 눅눅했다. 항구와 섬들은 뒤로 멀어지고, 육지의 모든 것은 안개 낀 시계(視界) 때문에 급히 사라져갔다. 습기를 머금어 부풀어 오른 석탄 분진 부스러기들이 청소를 해 깨끗해진 갑판 위로 떨어졌다. 갑판은 좀체 마를 것 같지 않았다. 한 시간 뒤에 벌써 갑판 위에는 돛대 지붕이 펼쳐졌다. 비가 내리기 시작했기 때문이었다.

여행자는 몸을 외투로 감싸고 책을 무릎에 올려놓은 채 쉬고 있었다. 자기가 알지도 못하는 사이에 몇 시간이 흘러갔다. 비는 어느 새 그쳐 있었고, 아마(亞麻)로 된 갑판 지붕은 걷혀졌다. 수평선이 완전히 내다보였다. 흐릿한 하늘 아래쪽 사방으로 황량한 바다의 거대한 수면이 쭉 펼쳐져 있었다. 하지만 경계가 없는 텅 빈 공간 속에서는 시간을 재는 우리의 감각은 떨어지는 법이어서 우리는 측량할 수 없는 상태에서 몽롱한 기분에 빠지게 되는 것이다. 그림자처럼 어른거리는 이상야릇한 형상들, 즉 늙은 멋쟁이, 염소수염을 기른 선실 안의 사내 등이 모호한 동작을 하고 꿈속에서처럼 혼란스러운 말을 하면서 휴식을 취하고 있는 그의 의식 속으로 침투해 들어왔다. 그리하여 그는 잠이 들었다.

정오경에 그는 간단한 식사를 하기 위해 복도처럼 생긴 식당으로 내려가도록 강제성 있는 안내를 받았는데, 거기는 선실의 침실 문들이 통하는 곳이었다. 그는 기다란 식탁의 머리 쪽에서 식사를 했는데, 맞은 편 끄트머리 쪽에서는 그 늙은이를 비롯하여 상점 종업원들이 쾌활한 선장과 어울려 열시부터 부어라 하며 술을 마시고 있었다. 음식이 보잘것없어서 그는 서둘러 식사를 끝냈다. 그는 하늘을 보기 위해서 바깥으로 나왔다. 혹시 베네치아의 하늘이 맑게 개어있지 않을까 해서.

그는 그렇게 될 것 말고는 다른 생각을 하지 않았다. 왜냐하면 베네치아는 그가 갈 때마다 언제나 찬란한 환영으로 그를 맞이했기 때문이었다. 하지만 지금은 하늘과 바다는 여전히 흐릿하고 우중충했으며, 간간이 안개비가 내리고 있었다. 순간 그는 해로로 가면 육로로 갈 때 만나게 되는 것과는 다른 베니스에 도착하는 모양이라고 생각했다. 그는 뱃머리의 돛대 곁에 서서 먼 곳을 응시하며 육지가 나타나기를 고대했다. 전에 꿈속에서 둥근 지붕들과 종탑들이 이와 같은 물결에서 자기를 향해 솟아올랐다고 말한 그 우울하고도 열정적인 시인[04]이 생각났다. 그는 당시에 그 시인이 외경심과 행복감 그리고 비애에 젖어 지은 시 가운데 괜찮은 노래가 된 몇 곡을 조용히 되뇌어 보았다. 그리고 이미 시인이 시를 지을 때 느낀 감정에 쉽게 감동을 받아서, 그는 새로운 감격과 혼란, 즉 감정의 때늦은 모험이 이렇게 한가롭게 여행하고 있는 자신에게 혹시 또 찾아올 게 있는지 자신의 엄숙하고 지친 마음에다 물어보았다.

그때 오른쪽으로 평평한 해안이 나타났다. 그기잡이배들이 바다에 활기를 불어넣듯 북적이고 있었고, 해수욕장이 펼쳐진 섬이 보였다. 그를 태운 증기선은 그것들을 왼쪽에 두고 서서히 속도를 줄여 좁은 항구로 미끄러지듯 들어갔다. 그 항구의 이름은 섬 이름을 따서 지었다. 울긋불긋 보이는 초라한 집들과 마주하고 있는 석호에서 배는 아주 멈춰 섰다. 보건 당국의 돛대 없는 작은 배가 여기로 오기로 되어 있기 때문이었다.

한 시간이 지나서야 그 작은 배가 나타났다. 여행객들은 도착했지만, 아직 완전히 도착한 것은 아니었다. 그들은 바쁠 것이 없었는데도 초조해하고 있었다. 물 건너 공원(公園) 지역에서 이쪽으로 들

---

04 독일 시인 폰 플라텐August Graf von Platen(1796-1835)을 가리킨다. 플라텐은 유서 깊은 귀족 가문에서 태어났다. 우아하고 고전적인 형식감정과 합리정신을 겸비한 시인이었고, 그의 대부분의 시는 시형의 엄정함과 고상한 수사를 특징으로 한다. 토마스 만은 특히 베네치아를 읊은 그의 소네트를 좋아했다.

려오는 군대의 나팔소리 때문에 애국심이 자극되었음인지 폴라 시의 청년들이 갑판 위로 나왔다. 그들은 아스티[05] 포도주에 얼큰히 취해 건너편에서 훈련 중인 저격병들을 향해 만세 소리를 내질렀다. 하지만 그런 상황에서 한껏 치장한 늙은이가 꼴사납게 젊은이들과 어울려 날뛰는 모습은 무척 눈에 거슬렸다. 그의 늙어빠진 뇌는 건장한 젊은이들만큼 포도주를 배겨낼 수 없었는지 노인은 딱할 정도로 취해 있었다. 흐리멍덩한 눈빛에다가 덜덜 떨리는 손가락에 담배를 끼운 채 노인은 취해서 앞으로 뒤로 왔다 갔다 하면서, 균형을 잡으려고 힘들게 비틀거리고 있었다. 그는 한 걸음이라도 내딛기만 하면 넘어질 것 같아서 선 자리에서 감히 움직일 엄두를 내지 못하고 있었다. 그런데도 연민을 금할 수 없을 정도로 그의 기분은 좋아 보였다. 그는 자기 곁에 다가오는 사람들의 옷 단추를 붙잡고 무언가 흥얼거리면서 눈짓을 하거나 낄낄 웃었다. 또 반지를 낀 주름 진 집게손가락을 치켜들고 어리석은 장난질을 했으며, 혐오감이 들 정도로 외설스럽게 혀끝으로 입 언저리를 핥아대었다. 아쉔바흐는 미간을 찌푸리고 그를 바라보았다. 그러자 다시금 몽롱한 기분이 들었다. 마치 세상이 가볍긴 하지만 제어할 수 없는 경향, 즉 이상하게 일그러진 모습으로 왜곡되는 경향을 보이는 것 같았다. 물론 주변 상황은 그로 하여금 이러한 기분에 계속 머물러 있지 못하

---

05 아스티Asti: 이탈리아의 도시 이름. 또는 그곳에서 생산된 포도주.

게 방해했다. 왜냐하면 그때 마침 배의 엔진이 증기를 내뿜으며 다시 작동하기 시작했고, 배는 목적지를 코앞에 둔 채 중단했던 항해를 다시 계속해 산 마르코 운하를 통과해 가고 있었기 때문이었다.

그리하여 아쉔바흐는 다시 한 번 놀랍기 그지없는 그 멋진 부두를, 배를 타고 가까이 다가오는 여행객들의 경의심에 가득 찬 시선에 이 공화국이 제공하는 환상적인 건축물의 휘황찬란한 구조를 보게 되었다. 하늘 높이 솟은 궁전의 웅장함, 탄식의 다리, 사자와 성인들의 상이 새겨진 물가의 기둥들, 그리고 동화 속 신전의 화려하게 튀어나온 측면이 보였으며, 성문으로 나 있는 길과 거대한 시계가 눈에 들어왔다. 그는 이러한 광경을 둘러보면서 육로로, 즉 기차를 타고 베네치아 역에 도착하는 것은 궁전에 들어갈 때 뒷문으로 들어가는 것과 같다고 생각했다. 또한 바로 지금처럼 배를 타고 물결 높은 바다를 건너와야만 전혀 예상치 못한 이 도시의 모습을 볼 수 있는 것이라고 생각했다.

엔진의 작동이 멈추었다. 그러자 곤돌라가 몰려들었다. 배와 부두 사이에 현문(舷門)이 내려지자 세관원들이 갑판 위로 올라와 대충 자기들의 임무를 수행했다. 여행객들이 배에서 내리기 시작한 것이다. 아쉔바흐는 베네치아와 리도 간을 운행하는 소형 증기선들의 선착장까지 자기와 짐을 태워 줄 수 있는 곤돌라가 필요하다는 뜻을 내비쳤다. 왜냐하면 그는 바닷가에 숙소를 정하려고 생각했기 때문이었다. 그의 계획은 사람들로부터 동의를 얻었고, 그가 원하는 바가 수면 저 아래쪽으로 전달되었다. 거기에선 곤돌라 사공들이 사투리를 써가며 서로 말다툼을 벌이고 있었다. 그는 배에서 내려가려고 했으나 여의치 않았다. 트렁크로 인해 지연되었기 때문인데, 사다리와 비슷한 계단 아래로 트렁크를 잡아당겨 끌고 가기가 힘이 들었던 것이다. 그래서 그는 몇 분 동안 그 몸서리나는 노인이 술에 취해서 몽롱한 기분으로 낯선 사람에게 작별 인사를 하며 넉살 좋게 치근거리는 꼴을 지켜볼 수밖에 없었다. "더없이 행복한 여행이 되길 바랍니다" 하고 그는 발을 뒤로 빼며 염소 울음소리 같은 목소리로 불어를 섞어가며 인사했다. "좋은 추억거리도 많이 만드십시오. 또 만납시다, 실례가 많았습니다, 안녕히 가십시오, 각하!" 그의 입에서는 침이 흘러나왔으며, 그는 두 눈을 감으며 혀로 입언저리를 핥았다. 노쇠한 그의 입술 아래에는 염색한 턱수염이 곤추서 있었다. "우리의 인사를" 하고 노인은 두 개의 손가락 끝을 입술에 갖다 대면서 혀가 꼬부라진 소리로 말했다. "사랑하는 연인에게 우리의 인사를! 너무도 사랑스럽고, 너무도 아름다운 연인에게!" 그때 갑자기 그의 위쪽 틀니가 턱뼈에서 빠져 아랫입술 위에 떨어졌다. 아셴바흐는 그 자리를 간신히 피할 수 있었다. "연인에게, 우아한 연인에게 말입니다" 하고 노인이 공허하며 가래 낀 목소리로 그렇지만 달콤하게 속삭이는 소리를 등 뒤로 들으면서 아셴바흐는 밧줄로 된 난간을 붙잡고 현문(舷門) 사다리를 내려왔다.

　　사람은 누구나 처음에 혹은 아주 오랜만에 베네치아의 곤돌라

를 타게 되는 순간, 일시적인 떨림, 남모르는 두려움, 그리고 당혹감
을 느끼지 않겠는가? 담시(譚詩)가 유행하던 옛날부터 하나도 변하
지 않고 그대로 전해져 내려온 그 기이한 배는 색깔이 너무 특이하
게 검정색이어서 다른 배들 가운데 섞여 있으면 그냥 관(棺)처럼 보
일 정도였다. ―그 배는 물결이 살랑거리는 밤에 소리 없이 범죄를
저지르는 무슨 모험을 연상시킬 뿐 아니라, 죽음 그 자체, 관대(棺
臺), 음울한 장례식, 그리고 마지막으로 떠나는 말없는 여행을 생각
나게 해준다. 그런데 이러한 거룻배의 좌석이, 즉 관처럼 검은 래커
칠에 무광택의 검정색 쿠션이 들어 있는 팔걸이 안락의자가 이 세
상에서 가장 부드럽고, 가장 호화스럽고, 가장 푹신한 자리라는 것
을 사람들은 알아차리기나 했을까? 아쉔바흐는 뱃머리에 가지런히
놓아둔 자기의 짐 맞은편, 그러니까 곤돌라 사공의 발치에 자리
를 잡았을 때 그 사실을 알아차리게 되었다. 노 젓는 사공들은 여
전히 말다툼을 벌이고 있었다. 거칠고 이해할 수 없는 말들로 위협
적인 동작을 취하면서 말이다. 하지만 물의 도시 특유의 평온함은
그들의 목소리를 부드럽게 받아들이고 분산시켜서 높은 바다 물
결 너머로 흩뿌리는 것 같았다. 이곳 항구의 날씨는 따뜻했다. 시
로코[06] 바람에 기분 좋게 마음이 설레며, 쿠션 있는 푹신한 의자에

06 시로코Scirocco: 좁은 의미로는 남부 이탈리아의 시칠리아(Sicilia) 섬에 부는 지방
풍을 가리킨다. 전형적인 시로코 바람은 열풍으로 올리브, 포도와 같은 이 지방의 농작
물에 큰 해를 끼친다. 비와 함께 부는 이 바람은 토사를 많이 포함하고 있다. 넓은 의
미로 볼 때는 지중해 주변의 유럽·아프리카 국가(그리스, 스페인, 남부 프랑스, 튀니
지, 리비아, 이집트, 알제리 등)에서 부는 고온 건조한 바람이다.

기댄 채 여행객은 지그시 눈을 감고 일상을 벗어난 감미로운 나태함을 즐기고 있었다. 배를 타는 시간은 짧을 것이라고 생각했다. 이 시간이 영원히 계속되었으면 얼마나 좋을까! 그는 조금씩 배가 흔들리는 가운데 북적대는 사람들과 웅성거리는 소리로부터 점점 멀어져가고 있음을 느꼈다.

그의 주위는 고요하고 그 고요함이 얼마나 점점 더해 갔는지! 노를 저을 때 나는 찰싹거리는 소리, 뱃머리에 부딪칠 때 나는 공허한 파도 소리 외에는 아무 소리도 들리지 않았다. 뱃머리는 급격하게 경사지고 까맸으며 끄트머리가 날렵한 모양의 도끼날처럼 물 위에 떠 있었다. 그 밖에 또 하나의 웅얼거림이 들렸는데 ─그것은 낮게 중얼거리는 소리로 곤돌라 사공이 팔을 움직일 때 그의 이빨 사이에서 어쩔 수 없이 눌리면서 새어 나왔다. 그 소리는 이따금씩 마치 독백처럼 들렸다. 아쉔바흐는 고개를 들어 주위를 둘러보았고, 약간 어리둥절한 기분이 들었다. 자기 주위에 석호가 넓게 펼쳐져 있고, 그가 탄 배가 탁 트인 바다로 나아가고 있는 것을 알아차렸던 것이다. 그래서 그는 너무 편안히 쉬고 있을 것이 아니라 자기의 뜻을 관철시키는 데에도 신경을 좀 써야할 것 같았다.

"증기선 정거장으로 갑시다" 하고 그는 몸을 뒤쪽으로 반쯤 돌리며 말했다. 이제 낮게 중얼거리는 소리는 그쳤다. 하지만 그는 아무런 대답도 듣지 못했다.

"그러니까 증기선 정거장으로 가는 거라구요!" 그는 몸을 완전히 돌리고 곤돌라 사공의 얼굴을 위로 쳐다보며 되풀이해서 말했다. 사공은 아쉔바흐의 뒤에서 높은 뱃전에 선 차 흐린 하늘을 배경으로 우뚝 솟아 있었다. 사공은 무뚝뚝한 인상, 아니 정말로 험악해 보이는 인상의 남자였다. 뱃사람답게 푸른 옷을 입고, 노란색 장식 혁대를 두르고, 머리에는 올이 풀리기 시작한 볼품없는 밀짚모자를 무모할 정도로 비뚤게 쓰고 있었다. 그의 얼굴 생김새와, 들창코 아래쪽의 곱슬곱슬한 금빛 수염으로 그는 조금도 이탈리아 사람처럼 보이지 않았다. 그가 체격이 왜소한 편이어서 그런 직업에는 별로 적합하지 않을 것이라고 생각할 수도 있겠지만, 그는 노를 저을 때마다 전력을 다해 힘차게 저었다. 그는 너무 힘이 들어서인지 이따금씩 입술이 뒤로 일그러지고, 그럴 때마다 허연 이빨이 드러나 보였다. 그는 불그스름한 눈썹을 찡그리며 손님을 넘겨다보고서 단호한 어조로, 아니 거의 불손한 목소리로 대꾸했다.

"리도로 가는 게 아닌가요."

아쉔바흐가 대답했다.

"물론이오. 하지만 내가 곤돌라를 탄 것은 산 마르코까지만 건너가기 위해서였소. 거기서 바포레토07를 이용할 거니까."

"바포레토는 이용할 수 없어요, 선생님."

"아니, 왜요?"

---

07 바포레토 Vaporetto: (특히 이탈리아의 Venice에서 운하 승용선으로 쓰이는) 소형 증기선.

"바포레토에 짐을 싣지 않기 때문이죠."

그것은 사실이었다. 아쉔바흐는 그때서야 기억이 났다. 그래서 그는 아무 말도 하지 않았다. 하지만 베네치아에서 흔히 볼 수 없을 정도로 쌀쌀맞고 불손하게 낯선 손님을 대하는 그 사공의 태도는 참기가 어려웠다. 그래서 그는 이렇게 말했다.

"그건 내 문제요. 어쩌면 내 짐은 어디다 보관해 두도록 할 테니 돌아가도록 하시오."

주위는 여전히 고요했다. 노 젓는 소리가 찰싹거렸고, 파도가 뱃머리에 부딪히는 둔중한 소리가 들려왔다. 그리고 중얼거리며 말하는 소리가 다시 시작되었다. 곤돌라 사공은 이빨 사이로 혼잣말을 하고 있었다.

아쉔바흐는 무엇을 할 수 있을까? 유난히도 말을 잘 듣지 않고 무척이나 고집이 센 사람과 물 위에 단 둘이 남게 된 여행자는 자기 뜻을 관철시킬 수 있는 방도를 찾지 못했다. 말이 나왔으니 하는 말이지만 그가 갑자기 화를 벌컥 내지 않았더라면 느긋하게 좀 더 쉴 수 있었을 텐데! 그는 곤돌라를 오랫동안 타기를, 아니 언제까지나 계속 타기를 바라고 있지 않았던가? 그냥 일이 되어가는 대로 내버려두는 게 제일 현명한 것이었고, 그게 가장 편안한 일이었다. 나태함의 마력이, 그가 앉은 자리, 즉 검은색 쿠션이 씌워진 낮은 팔걸이 안락의자에서 흘러나오는 것 같았다. 그래서 그의 뒤에 서 있는 무지막지한 곤돌라 사공이 노를 저을 때마다 그 마력은 너무나 부드럽게 흔들리고 있었다. 범죄자의 손아귀에 빠져버렸다는 생각이 꿈처럼 몽롱하게 아쉔바흐의 마음속을 스쳐 지나갔지만 무슨 행동으로 저항할지 엄두가 나질 않았다. 이 모든 것이 단순히 바가지를 씌우기 위한 것일지도 모른다는 생각이 들자 한층 더 불쾌하게 여겨졌다. 일종의 의무감이든 자존심이든 간에, 말하자면 그런 일은 미리 막아야 한다는 생각이 그로 하여금 다시 한 번 용기를 낼 수 있게 만들었다. 아쉔바흐는 이렇게 물었다.

"뱃삯으로 얼마를 달라는 거요?"

곤돌라 사공은 그를 흘끗 넘겨보면서 대답했다.

"뭐, 내시게 되겠지요."

여기에 대해 무어라고 응수할 것인지는 확실했다. 아쉔바흐는 기계적으로 말했다.

"만약 내가 원하지 않는 곳으로 데려가면 나는 한 푼도, 정말 한 푼도 지불하지 않을 거요."

"리도로 가려고 하는 것 아닌가요."

"하지만 당신하고는 가지 않겠소."

"제가 잘 모셔다 드리겠습니다."

'이 말은 사실일 거야'라고 아쉔바흐는 생각하고, 긴장을 풀었다. '그래, 이 말은 사실일 거야. 넌 나를 잘 태워다 주겠지. 네가 나의 현금을 노리고 등 뒤에서 노로 쳐서 나를 저 세상으로 보낸다 하더라도, 그건 곧 나를 잘 태워다준 셈이 될 테니까 말이야.'

하지만 그런 일은 일어나지 않았다. 오히려 동행인마저 나타났는데, 그것은 떠돌이 남녀 악사들을 태운 작은 배였다. 이들은 기타와 만돌린에 맞춰 노래를 불렀는데, 곤돌라 뱃전에다 자신들의 배를 바짝 붙인 다음 이득을 노리는 이국적인 노랫말로 물 위의 고요함을 채웠던 것이다. 아쉔바흐는 이들이 내민 모자에다가 돈을 던져 주었다. 그러자 그들은 조용해졌고 배를 저어 사라져 버렸다. 그리고 이따금 아무런 맥락이 없는 혼잣말을 중얼거리는 곤돌라 사공의 속삭이는 소리가 다시 들렸다.

이렇게 하여 어쨌든 곤돌라는 목적지에 도착했다. 시내로 향하는 증기선의 꼬리 물살 때문에 배가 이리저리 흔들리면서 마침내 도착했던 것이다. 두 명의 시청 공무원이 뒷짐을 지고 얼굴은 석호 쪽으로 향한 채, 물가에서 이리저리 거닐고 있었다. 아쉔바흐는 상륙용 판자 다리가 부두에 닿자 곤돌라에서 내렸는데, 베네치아의 선착장에서 배를 끌어당기기 위해 쇠갈고리를 갖고 대기하고 있는 노인의 부축을 받았다. 아쉔바흐는 잔돈이 부족해서 판자 다리와 인접한 호텔로 건너가서 돈을 바꾸어 사공에게 나름대로 괜찮은 뱃삯을 지불하려고 했다. 호텔 로비에서 일을 처리하고 돌아와 보니, 부둣가에 있는 어떤 수레 위에 자기의 짐이 놓여 있는 것이 보였다. 그렇지만 곤돌라와 사공은 온데간데없이 사라지고 없었다.

"그 사람은 내빼듯 도망쳐 버렸어요"하고 쇠갈고리를 가진 노인이 말했다. "나쁜 놈이지요. 허가도 받지 않은 놈이지요. 선생님. 그

놈은 이곳 사공 중에서 허가증을 소지하지 않고 일을 하는 유일한 녀석이지요. 다른 사람들이 이곳으로 전화를 했어요. 그 녀석은 다른 사람들의 낌새가 수상하다는 것을 알아차렸나 봐요. 그러니까 소리도 없이 도망쳐 버린 거죠."

아쉔바흐는 어깨를 으쓱했다.

"선생님께서는 공짜로 타고 오신 셈이지요." 노인은 이렇게 말하면서 모자를 내밀었다. 아쉔바흐는 동전 몇 닢을 던져 넣어주었다. 아쉔바흐는 자기 짐을 해변 호텔로 가져다 달라고 지시하고는 수레를 따라 가로수 길을 걸어갔다. 하얀 꽃들이 피어 있는 가로수 길 양쪽에 음식점, 상점, 숙박업소 등이 늘어서 있고, 길은 섬을 비스듬하게 가로질러 해안 쪽으로 뻗어 있었다.

아쉔바흐는 야외 테라스를 통해 뒤쪽으로 해서 널찍한 호텔로 들어갔다. 그리고 현관의 커다란 홀을 통과하여 사무실로 갔다. 미리 예약을 해두었기 때문에 호텔 직원으로부터 친절한 영접을 받았다. 지배인은 프랑스풍으로 재단된 프록코트를 입고 검은 콧수염을 기르고 있었는데, 작은 키에 나지막한 목소리로 이야기하는 공손한 사람이었다. 지배인은 아쉔바흐와 함께 승강기를 타고 3층까지 동행하여, 아쉔바흐가 묵을 방을 안내해 주었다. 벚나무 가구가 비치된 아늑한 방은 진한 향기를 내뿜는 꽃으로 장식되어 있었고, 높다란 유리창 밖으로는 탁 트인 바다가 한눈에 들어왔다. 지배인이 돌아간 뒤 아쉔바흐는 창문 하나에 다가갔다. 짐이 방 안으로 보내져 정리되는 동안 그는 인적이 드문 오후의 해변과 햇빛이 비치지 않는 흐린 바다를 바라보았다. 때마침 밀물 때였다. 바다는 나지막하고 길게 펼쳐진 파도를 일정한 박자로 잔잔하게 해안 쪽으로 밀어 보내고 있었다.

고독하고 말 없는 사람이 관찰한 사건들은 사교적인 사람이 관찰한 사건들보다 더 모호하면서도 동시에 더 강렬하고 인상적이다. 그런 사람의 생각들은 훨씬 무겁고 유별나며, 항시 일말의 애수(哀愁)를 띠고 있는 것이다. 그런 사람은 한 번의 눈길이나 웃음, 의견 교환으로 쉽게 넘어갈 수 있는 인상과 지각에도 필요 이상으로 신경을 쓰고, 그것들은 그의 침묵 속에 깊이 파고들어가서는 의미심장하게 되어 체험, 모험, 감정이 된다. 고독은 독창적인 것, 과감하고 낯선 아름다움, 그리고 시를 만들어낸다. 하지만 고독은 전도(顚倒)된 것, 불균형적인 것, 그리고 불합리하고 금지된 것들도 만들어낸다. —그런 이유로 이 여행객의 마음은 이곳 베네치아로 오는 도중에 보았던 여러 가지 일들, 그러니까 연인에 관해 계속 허튼소리를 내뱉던 볼썽사나운 멋쟁이 노인과, 뱃삯을 속여 챙기려한 무허가 곤돌라 사공 등으로 인해 아직도 마음의 안정을 찾지 못하고 있었다. 이성적 사고를 하는 데 어려움을 주는 것도 아니고, 사실 심사숙고할 거리를 제공해 주는 것도 아님에도 불구하고, 이 모든 것들은 그 자체로 지극히 이상한 것이었다. 그리고 어쩌면 바로 이러한 모순 때문에 그의 마음이 불안해하는 것인지도 몰랐다. 그런 생각을 하면서 그는 바다를 보며 눈인사를 건넸고, 이렇게 쉽게 닿을 수 있는 가까운 거리에서 베네치아를 알게 되어 기쁨을 느꼈다. 마침내 그는 몸을 돌렸다. 먼저 세수를 하고, 자신의 편의를 위해 객실 전속 하녀에게 만반의 준비를 하라고 몇 가지 지시를 내렸다. 그런 다음 승강기에서 일을 하는 초록색 제복의 스위스인에게 자신을 1층으로 태워다 달라고 부탁했다.

그는 바다를 향해 있는 테라스에서 차를 마신 다음 엑셀시오르 호텔 방향으로 쭉 뻗은 멋진 바닷가 산책로를 따라 걸었다. 그가 다시 돌아왔을 때는 벌써 저녁 만찬을 위해 옷을 갈아입을 시간이 된 것 같았다. 그는 몸치장을 하는 데 익숙했기 때문에 자신의 방식대로 천천히 그리고 면밀하게 옷을 차려입었다. 그럼에도 불구하고 그는 좀 이른 시간에 홀에 도착한 것 같았다. 거기에서 그는 호텔 손님들의 대부분이 서로 낯설어하고 짐짓 서로에게 무관심한 척하면서도 식사에 대해서는 다들 기대감을 품고 모여 있는 것을 지켜보았다. 그는 식탁에서 신문을 집어 들고 가죽 안락의자에 앉았다. 그리고 그가 첫 번째 체류지에서 만났던 사람들과는 달리 그가 마음에 드는 호텔손님들을 유심히 지켜보았다.

인내심 있게 많은 것들을 포용할 듯한 널따란 지평이 눈앞에 펼쳐졌다. 강대국들의 말소리가 나지막하게 서로 뒤섞여 들려왔다. 세계적으로 통용되는 야회복은 교양인의 제복으로서 외면상 각종 사람들을 하나같이 예의바르게 보이도록 했다. 미국인의 무미건조하고 길쭉한 얼굴 표정, 식구가 많은 러시아인 가족, 영국 부인들, 프랑스인 보모가 달린 독일 아이들이 보였다. 슬라브계 사람들이 다수를 차지하고 있는 것 같았다. 바로 곁에서는 폴란드어로 말하는 소리도 들을 수 있었다.

거기에는 아직 성인으로는 보이지 않는 소년 소녀들이 무리지어 있었다. 그들은 가정교사 같기도 하고 말상대를 해주는 사람 같기도 하는 어떤 여자의 보호를 받으며 등나무 식탁 둘레에 모여 있었는데, 열다섯 살에서 열일곱 살쯤 보이는 소녀가 세 명, 열네 살 정도로 보이는 긴 머리 소년이 한 명 있었다. 아쉔바흐는 그 소년의 완벽한 아름다움에 너무도 놀랐다. 창백하고 우아하면서도 내성적으로 보이는 소년의 얼굴을 연한 금발머리가 에워싸고 있었다. 곧게 뻗은 코, 사랑스러운 입술, 진지한 표정의 얼굴, 우아하고 신과 같은 인상, 이 모든 것은 고귀했던 시대의 그리스 조각품을 연상시켰다. 그것은 극도의 형식을 순수하게 완성시킨 모습이었음에도, 그 아이를 바라보고 있는 아쉔바흐는 자연에서도 조형 예술품에서도 그 비슷한 완성작을 본 적이 없다는 생각이 들 정도로 유일무이한 개인적 매력을 지니고 있었다. 더욱 눈에 뚜렷이 엿보이는 근본적인 대조는 양육의 차이에 따라, 오누이들은 달리 옷을 입고 행동하는 것 같았다. 세 소녀 중에 가장 나이가 많은 소녀는 거의 어른이라 할 수 있었다. 그런데도 이들의 복장은 볼꼴사나울 정도로 근엄하고 정숙했다. 이들이 입은 똑같은 수녀복풍 의상은 슬레이트 색깔에 무릎까지 내려오며 장식은 없고, 일부러 몸에 맞지 않게 재단한 것처럼 보였고, 하얀 칼라만이 유일하게 밝은 색을 띠고 있었다. 이들의 옷은 호감이 갈 만한 소녀들의 외모와 몸매를 억압하고 숨 막히게 하고 있었다. 매끈하고 바짝 머리에 달라붙은 머리카락은 이들의 얼굴을 수녀처럼 공허하고 무미건조하게 보이도록 했다. 소녀들을 그런 식으로 관리하는 건 어머니임이 분명했다. 그런데 그 어머니는 자기 딸들에게 부과한 교육적인 엄격함을 아들에게 적용할 생각은 전혀 없는 듯싶었다. 부드러움과 사랑스러움이 그 아이의 존재를 확실하게 규정하고 있었다. 그 아이의 아름다운 머리카락에 가위를 갖다 대는 것은 삼가야 할 일 같았는데, 마치 〈가시 뽑는 소년〉이란 조각상처럼 곱슬곱슬한 머리카락이 이마로 흘러내리면서 귀를 덮고 목덜미 아래쪽까지 깊숙이 가 닿았다. 그 아이가 입고 있는 영국식 선원복은 아래로 내려갈수록 뾰족하고, 아직 어린애 같은 가느다란 손을 불룩한 소매가 감싸며 달려 있었는데, 그 옷엔 끈, 리본 그리고 자수들이 장식되어서 소년의 맵시 있는 자태에 어딘지 부유하고 꽤나 고급스런 인상을 더했다. 소년은 자신을 유심히 쳐다보고 있는 아쉔바흐 쪽으로 몸을 반쯤 옆으로 돌리고 앉아 있었다. 검은색 에나멜 가죽구두를 신은 한쪽 발은 다른 발 위에 올려놓고, 한쪽 팔꿈치는 등나무 의자의 팔걸이에 놓고서, 움켜진 손으로 뺨을 바짝 괴고 있었다. 그의 태도에는 꾸밈없는 기품이 엿보였고, 그의 누이들에게는 습성이 된 부자연스런 뻣뻣함이 전혀 없었다. 저 애는 어디가 아픈 걸까? 얼굴 주위를 감싸고 있는 진한 금발 고수머리와는 대조적으로 얼굴색이 상아처럼 새하얀 색을 띠고 있으니 말이다. 그렇지 않으면 저 애는 단지 부당한 편애와 변덕스런 사랑을 받으며 연약하게 자란 응석받이일까? 아쉔바흐의 생각은 그 애가 응석받이일 거라는 쪽으로 기울어졌다. 거의 모든 예술가의 본성에는, 아름다움을 창조하는 부정의를 인정하고, 귀족적인 특권에 대해 공감과 경의를 표하는 감미롭고도 기만적인 성향이 천성적으로 존재하는 것이다.

한 급사가 이리저리 돌아다니며 저녁 식사가 준비되었다고 영어로 알려주고 있었다. 손님들은 하나 둘 유리문을 지나 식당 안으로 들어왔다. 늦게 온 사람들이 호텔 입구의 홀에서, 혹은 승강기에서 내려 곁을 지나갔다. 식당 안에서는 서비스가 시작되었지만 폴란드인 남매들은 여전히 그들의 등나무 탁자 주위에 앉아 있었다. 아쉔바흐는 푹신한 안락의자에 기분 좋게 앉아, 정말이지 아름다운 소년을 눈앞에 두고 이들과 함께 기다리고 있었다.

작고 뚱뚱하고 얼굴이 붉은, 어느 정도는 귀부인인 가정교사가 마침내 일어나라는 신호를 했다. 그녀는 눈썹을 치켜 올리면서 앉았던 의자를 뒤로 뺐다. 그러고 나서 옅은 회색 옷에 매우 사치스럽게 진주로 장식한 키 큰 부인이 홀 안으로 들어오자 몸을 숙여 인사했다. 그 부인의 태도는 냉정하고 위엄이 있었다. 파우더를 가볍게 바른 머리단장과 의복의 재단 방식에서 단순함이 엿보였다. 경건함이 세련됨의 구성요소로 간주되는 곳 어디에서나 미적 감각을 결정하는 것은 이 단순함이다. 그 부인은 마치 독일 고위 공무원의 아내처럼 보이기도 했다. 어딘지 환상적인 사치스러움은 그녀의 장신구만으로도 단번에 드러났다. 사실 값을 가늠할 수조차 없는 장신구는, 귀걸이와 은은하게 빛나는 체리 크기만 한 진주알이 세 겹으로 아주 길게 늘어뜨려진 목걸이였다.

남매들은 재빨리 자리에서 일어났다. 그 아이들은 허리를 굽혀 어머니의 손에 키스를 했다. 세련되나 좀 피곤해 보이고 뾰족한 코를 지닌 얼굴에, 조용히 미소를 띠우며 아이들 머리 너머로 바라다보면서 프랑스어로 가정교사와 뭔가 얘기를 나누었다. 그러고 나서 어머니는 유리문 쪽으로 걸어갔고, 남매들이 그녀의 뒤를 따라갔다. 소녀들은 나이 순서대로, 그 뒤엔 가정교사가, 맨 마지막으로 소년이 뒤따랐다. 소년은 무슨 이유에서였는지 문턱을 넘어가기 전에 몸을 돌렸다. 그때 홀 안에 남아 있는 사람은 아무도 없었기 때문에 독특하게 희미한 소년의 회색 눈은 아쉔바흐의 눈과 마주쳤다. 아쉔바흐는 신문을 무릎에 올려놓고 넋 나간 듯 그 가족들의 뒷모습을 물끄러미 바라보고 있었다.

아쉔바흐가 목격한 것은 무엇 하나 눈에 띌 만한 것은 없었다. 아이들은 어머니보다 먼저 식사하러 가지 않았다. 아이들은 어머니가 오시기를 기다렸고, 예의바르게 인사를 했고, 식당으로 들어갈 때 일반적인 예의범절을 다 지켰다. 하지만 그 모든 것에는 너무도

명백하게 규율, 의무감, 자긍심이 배어 있어서 아쉔바흐는 이상하게
도 마음의 감동을 받았다. 아쉔바흐는 그 후 잠시 머뭇거리다가 그
냥 식당으로 건너갔고 자기의 조그만 식탁자리를 지정받았다. 자리
는 유감스러운 감정의 동요를 짧게 일으킬 만큼 폴란드인 가족들과
너무 멀리 떨어져 있었다.

아쉔바흐는 몸은 피곤하였지만 정신은 생생하였다. 그래서 그는
지루한 식사 시간 동안 추상적인, 심지어 선험적인 문제에 대해 관
심을 갖고 생각해 보았다. 인간적인 아름다움이 생기기 위해선 보편
적인 법칙과 구체적인 것이 서로 맺고 있을 법한 비밀스런 연관 관계
에 대해서 말이다. 거기에서부터 그는 형식과 예술의 일반적인 문제
들로 생각이 넘어가서, 결국 그의 생각과 발견은, 꿈속에서의 어떤
영감과 같다고 생각하게 되었다. 그런데 그것은 말짱한 정신 상태에
서는 완전히 허무맹랑하고 쓸데없는 것에 불과한 것이었다. 그는 식
사를 하고 나서 담배를 피우며 앉아 있기도 하고, 향기로운 저녁의
공원을 천천히 거닐기도 했다. 그리고 나서 좀 일찍 휴식을 취하러
방에 들어가 잠을 청했다. 그는 내내 깊이 곤하게 잠을 자기는 했지
만 여러 가지 꿈을 많이 꾸었다.

다음 날에도 날씨는 좋아지지 않았다. 육지에서 바람이 불어왔
다. 잿빛 구름이 덮인 하늘 아래 가까워지고 차분한 수평선이 있어,
바다는 둔중하고 고요하며, 잠재적으로 위축되었다고나 할까, 해변
으로부터 아주 멀리 물러나 있었다. 그래서 바다는 길쭉한 모래톱

에 몇 겹의 줄무늬 모양을 만들어놓았다. 아쉔바흐가 창문을 열었을 때, 석호의 썩은 냄새가 풍겨오는 것을 느꼈다.

그는 갑자기 불쾌한 기분이 들었다. 그 순간 틀써 떠나야겠다고 생각했다. 몇 년 전에 이곳에서 한번은 몇 주간 화창한 봄날이 계속된 다음 지금과 같은 흐린 날씨가 엄습하여 그를 괴롭히더니 그의 건강 상태에 심각하게 해를 끼쳐서, 그는 도망치듯 베네치아를 떠나야만 했던 적이 있었다. 그런데 다시 그때처럼 열을 동반한 불쾌감과 관자놀이가 지끈거리고 눈꺼풀이 묵직한 증상이 생긴 것은 아닐까? 또 한 번 거처를 옮긴다는 것은 성가신 일일 것이다. 하지만 바람의 방향이 바뀌지 않는다면 그는 여기에 머무를 수 없을 것이다. 만일의 사태에 대비해서 그는 아직 짐을 완전히 풀지 않았다. 아홉 시에 그는 홀과 식당 사이에 따로 마련된 뷔페식당에서 아침 식사를 했다.

식당 안은 대형 호텔들이 명예롭게 여기는 엄숙한 침묵이 지배하고 있었다. 시중을 드는 웨이터들은 발소리를 죽이며 왔다 갔다 하고 있었다. 찻잔이 달그락거리는 소리와 낮게 속삭이는 말소리가 거기서 들을 수 있는 소리의 전부였다. 자기 자리에서 탁자 두 개를 건너뛴 문 맞은편에 약간 비스듬히 한쪽 구석에 폴란드인 소녀들이 가정교사와 함께 있는 것을 아쉔바흐는 발견했다. 잿빛을 띤 금발은 새로 빗었는지 윤기가 흘렀고, 눈은 충혈이 되어 있었다. 하얀색의 조그만 칼라와 커프스가 달린 파란색의 뻣뻣한 리넨 옷을 입은 아이들은 거기에 반듯한 자세로 앉아 유리로 된 통조림을 서로에게 건네주고 있었다. 소녀들은 아침 식사를 거의 끝마쳐 가고 있었다. 소년은 보이지 않았다.

아쉔바흐는 미소를 지었다. '옳거니, 꼬마 페아케[08] 같으니라구!' 하고 그는 생각했다. '너는 누나들과는 달리 마음껏 늦잠을 잘 수 있는 특권을 가지고 있는 모양이구나!' 그러자 갑자기 기분이 좋아진 그는 혼잣말로 다음과 같은 시구를 읊조리어 보았다.

'자주 바뀌는 장신구와 따스한 목욕, 그리고 휴식이여!'

그는 별로 급하지 않게 아침 식사를 마쳤다. 그러고 나서 장식 끈이 있는 모자를 꾹 눌러쓰고 식당에 들어온 수위의 손에서 몇 개의 우편물을 전해 받았다. 그는 담배를 피우면서 두세 통의 편지를 뜯어보았다. 그리하여 그는 예견한 대로 저 건너편에서 그 늦잠꾸러기가 나타나는 것도 지켜볼 수 있었다.

소년은 유리문을 통과한 다음 조용히 식당을 대각선으로 가로 질러 누나들이 있는 식탁으로 갔다. 소년의 걸음걸이는 상체의 자세에서뿐만 아니라, 하얀 신발을 신은 발을 내딛는 무릎의 움직임에 있어서도 말할 수 없을 정도로 우아했다. 무척이나 가볍고 동시

---

08 페아케족die Phäaken: 호메로스에 나오는 행복한 섬사람들. 옛 전설에 따르면, 페아케인들은 죽은 자를 실어 나르는 사공으로 알려져 있다.

에 부드러우며, 자부심에 가득 차 있으면서도 어린아이답게 수줍어 하는 모습이라 한층 아름다워 보였다. 그런 수줍음으로 인해 그 아이는 식당으로 들어오는 도중에 두 번 홀 쪽으로 고개를 돌려 눈을 치켜떴다가는 아래로 내리깔았다. 아이는 미소를 지으며 부드럽게 중얼거리는 듯한 낮은 목소리로 무슨 말을 하더니 자리에 앉았다. 그런데 이번에는 그 아이가 자기를 바라보고 있는 사람에게 자신의 옆모습을 정확하게 보여 주었기 때문에, 아쉔바흐는 다시금 경탄을 금치 못했다. 정말이지 인간의 자식으로서 신에 가까운 아름다운 모습을 보고 깜짝 놀랐던 것이다. 소년은 오늘 파란색과 하얀색 줄무늬가 있는 물세탁 가능한 옷감으로 된 가벼운 정장 차림을 하고 있었는데, 가슴에는 붉은 비단 리본이 달려 있었고, 목둘레에는 하얗고 단순한 칼라가 죄어져 있었다. 하지만 이 칼라는 옷의 성격상 그리 우아하게 어울려 보이지는 않았는데, 이 칼라 위에 이루 비할 데 없이 사랑스럽고 매력적인 아이의 머리가 활짝 핀 꽃처럼 가만히 놓여 있었다. ─그 머리는 마치 파로스 섬의 노란색 광택이 나는 대리석을 깎아 만든 에로스 신의 두상과도 같았다. 눈썹은 섬세하고 진지한 빛을 띠고 있었고, 관자놀이와 귀를 고리모양으로 구부러진 곱슬머리가 어둡고도 부드럽게 덮고 있었다.

'멋지군, 정말 멋져!' 하고 아쉔바흐는 생각하며, 냉정한 전문가답게 인정(認定)했다. 이렇게 인정하면서 예술가들은 어떤 걸작에다가 자신들의 열광과 황홀함을 때때로 표현하는 모양이다. 아쉔바흐는 계속해서 이렇게 생각했다. — '정말이지, 바다와 해변이 나를 기다려주지 않는다 하더라도, 네가 머물러 있는 한 나는 여기에 머물러 있으리라!' 그래서 아쉔바흐는 호텔 종업원들이 주목하는 가운데 홀을 지나 널찍한 테라스로 내려갔다. 거기서 곧장 판자 다리를 건너 호텔 손님들만 이용할 수 있게 울타리로 막아놓은 해변으로 내려갔다. 거기에는 아마포 바지와 선원 셔츠를 입고 밀짚모자를 쓴 맨발의 노인이 해수욕장 관리인으로 일하고 있었다. 아쉔바흐는 그 노인에게 자기가 빌린 해변 오두막으로 안내해 달라고 했고, 모래 위에 설치된 판자바닥에 탁자와 의자를 갖다 놓게 하였다. 그러고는 바다를 향해 넓게 펼쳐진 누릇누릇한 모래사장 쪽으로 접이 의자를 좀 더 끌어내고는, 그 위에 누워서 편안히 휴식을 취했다.

해변의 풍경, 다시 말해 문화인이 자연의 힘의 언저리에서 아무 걱정 없이 관능적으로 향락하고 있는 광경은 언제나처럼 그를 즐겁고 기쁘게 해주었다. 회색의 얕은 바다에는 벌써 첨벙거리는 아이들과 수영하는 사람들, 두 팔을 뒷머리에 받치고 모래사장에 누워 있는 울긋불긋한 모습의 사람들이 있어서 활기를 띠고 있었다. 또 한편에서는 빨갛고 파랗게 색칠된, 용골[09](龍骨)이 없는 보트를 타고 다니다가 뒤집혀서 깔깔거리며 웃고 있는 사람들도 있었다. 해변에 길게 줄지어 늘어선 오두막들의 판자바닥 위에는 조그만 베란다에

---

09 선체(船體)의 중심선을 따라 배 밑을 선수(船首)에서 선미(船尾)까지 꿰뚫은 부재로, 마치 우리 몸의 척추와 같은 역할을 한다.

앉아 있는 것처럼 사람들이 앉아 있었고, 그 앞에는 활기차게 움직이며 노는 사람들, 몸을 쭉 뻗고 나른하게 휴식을 취하는 사람들, 여기 저기 방문하는 사람들, 잡담하는 사람들, 조심스럽게 아침의 정취를 맛보는 사람들 이외에도 과감하고 안락하게 이곳의 자유로움을 만끽하는 나체족들도 있었다. 축축하고 단단한 모래사장 앞쪽으로는 헐렁하고 색깔이 화려한 셔츠 복장의 흰 수영가운을 입은 사람들이 여기저기서 산책을 하고 있었다. 오른쪽으로는 아이들이 만든 복잡다단한 모래성이 하나 있었는데, 그 주변으로 각 나라를 상징하는 색깔로 채색된 조그만 깃발들이 꽂혀 있었다. 조개와 과자, 과일을 파는 장사꾼들이 무릎을 꿇은 채 상품들을 펼쳐놓고 있었다. 왼쪽으로는 다른 오두막들과는 달리 비스듬히 바다 쪽으로 서 있고, 그쪽에서 해수욕장의 맨 끝 어떤 오두막 앞에는 러시아인 가족이 텐트를 치고 있었다. 그 가족은 이러했다. 턱수염을 기르고 커다란 이빨을 보이는 남자들, 힘없이 축 처진 여자들, 이젤 앞에 앉아서 절망적인 탄식을 하며 바다 그림을 그리고 있는 발트 해 출신의 처녀, 선량해 보이는 못생긴 두 아이들, 머리에 드건을 쓴 채 노예처럼 부드럽게 복종하는 태도를 보이는 늙은 하녀 등이 한 가족이었다. 그들은 감사한 마음으로 그곳에서 즐기고 있었고, 말을 듣지 않고 마구 돌아다니는 아이들의 이름을 지친 기색 없이 불러댔다. 그들은 자기들이 사탕과자를 사주었던 재미있는 노인과 몇 마디 이탈리아어로 오랫동안 농담을 주고받았고, 자기들끼리 서로 볼에 키스를 했으며, 자기들의 인간적인 공동생활을 관찰하고 있는 사람이 누구든 전혀 신경을 쓰지 않았다.

'그래, 난 이대로 머물러야겠어. 더 나은 곳이 어디 있겠는가?' 하고 아쉔바흐는 생각했다. 그리고 두 손을 무릎 위에 포개놓고 광대한 바다 쪽으로 눈을 돌렸다. 그의 시선은 미끄러져 내리고 몽롱해지면서, 황량한 바다의 단조로운 아침 안개 속에서 굴절되어 버렸다. 그가 바다를 사랑하는 데는 다음과 같은 두 가지 깊은 이유가 있었는데, 하나는 힘들게 창작하는 예술가로서 휴식을 취하고 싶은 욕구 때문이었다. 단순하고도 거대한 자연, 즉 바다의 품에 안겨 현상들의 까다로운 다양한 형상 앞에 자신을 숨기기를 갈망하는 예술가로서 말이다. 다른 하나는 일정한 체계로 분류되지 않은 것, 절도가 없는 것, 영원한 것 등에 대한, 다시 말해 무(無)에 대한 애착 때문이었는데, 그 애착은 금지된 애착이었고, 또 그의 임무와는 정반대되는, 바로 그 때문에 유혹적이기도 한 애착 때문이었다. 완전한 것, 즉 자연의 품에 안겨 휴식을 취한다는 것은 탁월한 것을 얻으려 애쓰는 사람의 동경이다. 그런데 무(無)라는 것은 완전한 것의 하나의 형식이 아니던가? 그가 이제 막 깊이 허공을 바라보며 꿈을 꾸고 있을 때 갑자기 해안 가장자리의 수평선에서 사람의 형체 하나가 겹쳐 나타났다. 그래서 그는 무한의 세계에서 시선을 거두어 거기에 초점을 맞추었다. 그러자 바로 그곳에는 그 아름다운 소년이 있었다. 소년은 왼쪽에서 다가오더니 아쉔바흐의 앞쪽 모래사장을 지나갔다. 물속에 들어가려는지 소년은 무릎 위까지 날씬한 다리를 그대로 드러내 보이며 맨발로 천천히 그러면서도 가뿐하고 당당하게 걸어갔다. 마치 신발을 신지 않고 걷는 데 익숙한 모양이었다. 그 아이는 걸으면서 비스듬히 서 있는 오두막 쪽을 둘러보았다. 하지만 그쪽에 러시아인 가족들이 일심동체가 되어 그들의 본질을 발휘하듯 깔깔거리며 떠들고 있는 것을 보자마자, 아이의 얼굴은 화가 나서 경멸에 가득 찬 불쾌한 표정으로 뒤덮였다. 아이의 이마는 어둡게 그늘졌고, 입은 삐죽 솟아올랐으며, 입술은 한쪽으로 심하게 당겨져서 한쪽 뺨이 마구 일그러졌다. 그리고 눈썹은 너무 심하게 주름이 져서 그 압력으로 인해 두 눈이 움푹 패어져버렸고, 그 아래에서 증오감을 나타내는 말이 심술궂고도 음울하게 새어나왔다. 아이는 바닥으로 시선을 떨어뜨리더니 다시 한 번 위협적으로 뒤를 돌아보았다. 그러고 나서 몹시 경멸하듯 어깨를 휙 돌리고는 못마땅한 그 적(敵)들을 등지고 서는 것이었다.

일종의 동정심인지 또는 놀라움인지, 어쩌면 무슨 존중심과 수치심 같은 어떤 감정 때문에 아쉔바흐는 마치 아무것도 보지 않은 것처럼 몸을 돌려버렸다. 왜냐하면 소년의 격한 감정을 우연히 보게 된 이 진지한 관찰자는 자기가 본 것을 혼자 처리하기에도 마음에 걸렸던 것이다. 하지만 아쉔바흐는 기분이 좋아졌고 동시에 충격을 받았다. 말하자면 그는 행복한 기분을 느꼈다. 너무도 선량한 삶의 한 단면에 대해 표출된 이러한 유치한 광신적 태도—그것 때문에 말 없는 신적인 존재가 인간적인 관계 속으로 끌려 들어오게 되었다. 그 광신적 태도로 인해 지금껏 바라보고 구경만 하고 있었던 자연의 귀중한 조형예술품이 보다 더 깊은 관심을 받을 만한 가치가 있는 것으로 인식되었다. 또한 그러한 광신적 태도는 그러지 않아도 아름다워서 중요한 의미를 띠게 된 소년의 모습에다가 새로운 계기를 부여해 주었으며, 그 계기로 인해 아쉔바흐는 자신의 나이에 대해 진지하게 생각하게 되었다.

아쉔바흐는 여전히 고개를 돌린 채 소년의 목소리에 귀를 기울이고 있었다. 밝고 약간 약한 듯한 목소리였는데, 모래성 주위에서 열심히 놀고 있는 친구들을 향해 멀리서부터 인사를 하며 자기가 온 것을 알리려 하고 있었다. 친구들도 그에게 응답했는데, 그 소년의 이름인지 애칭인지를 몇 번 맞받아 외쳤다. 아쉔바흐는 어떤 호기심을 가지고 귀를 쫑긋하고 들어보았다. 하지만 정확한 소리는 알아들을 수 없었고, 다만 "아지오" 비슷한 선율적인 두 음절, 또는 마지막에 '우' 발음을 길게 빼서 외치는 "아지우" 같은 소리가 더 자주 들렸다. 아쉔바흐는 그 소리를 듣고 기분이 좋아졌다. 그는 듣기 좋은 그 소리가 그 대상과 잘 어울린다고 생각하고, 가만히 그 소리를 되풀이해 보았다. 그러고는 만족스런 기분이 들어 자신의 편지와 서류들 쪽으로 몸을 돌렸다.

아쉔바흐는 조그마한 여행용 타자기를 무릎 위에 올려놓고는 만년필로 이런저런 편지들을 처리하기 시작했다. 하지만 15분 후쯤 벌써 그는 자기가 아는 한 가장 향락할 가치가 있는 그 상황을 그와 같이 정신적으로 외면하고, 또 별로 중요하지 않는 평범한 일을 하느라 그 상황을 소홀히 하는 것은 유감이라는 생각이 들었다. 그는 무릎 위의 타자기와 만년필을 옆으로 치우고 바다 쪽을 향해 고개를 돌렸다. 그리고 얼마 지나지 않아 모래성에서 놀고 있는 아이들의 소리에 주의를 돌리고는, 의자 등받이에 편안히 기댄 채 머리를 오른쪽으로 돌려 그 멋진 '아지오'가 무엇을 하며 어디 있는지 다시 둘러보았다.

아쉔바흐는 한눈에 척 그를 찾았다. 가슴에 달린 빨간 리본이 금방 눈에 띄었기 때문이었다. 소년은 다른 아이들과 함께 모래성에 물이 고인 구덩이 위에 낡은 판자를 다리 삼아 올려놓으면서 무어라고 소리도 치고, 머리로 끄덕이기도 하며 그들의 작업에 대한 지시를 하고 있었다. 거기에는 그와 더불어 10명가량의 소년 소녀들이 있었다. 그중에는 그와 같은 또래의 아이들도 있었고, 그보다 더 어린아이들도 있었다. 그들은 폴란드어와 프랑스어, 심지어 발칸 지방의 사투리까지 마구 섞어서 지껄이고 있었다. 그러나 하여간에 가장 빈번하게 들려오는 것은 그 소년의 이름이었다. 명백하게 그 소년은 다른 아이들로부터 환심을 사고 있었고, 사랑받고, 경탄의 대상이 되는 듯했다. 그중에서도 그 소년과 마찬가지로 폴란드인인 "야슈"가 비슷한 이름으로 불리며, 새카만 머리에 포마드를 바르고 벨트 달린 반코트를 입고 있는 튼튼한 체격의 소년이 그의 가장 가까운 부하이자 친구인 듯했다. 그 둘은 모래성의 작업이 다 끝나자 팔짱을 끼고 해변을 따라 걸었다. 그리고 "야슈"라 불리는 녀석은 그 아름다운 소년에게 키스를 했다.

아쉔바흐는 손가락을 치켜들고 그 녀석에게 위협을 주려고 했다. "크리토불로스[10] 너에게 충고하노니, 1년간 여행을 떠나거라!" 하고 그는 미소를 지으면서 생각했다. "상처가 나으려면 최소한 그 정도의 시간이 필요할 테니까!" 그러고 나서 그는 행상에게서 샀던 크고 잘 익은 딸기를 아침으로 먹었다. 태양이 아직 하늘의 구름층을 뚫고 나오지 못했음에도 날씨는 매우 따뜻했다. 바다의 고요함이 주는 도취적이고 엄청난 즐거움을 우리의 감각이 누리는 사이에 그의 정신은 나른하여 졌다. "아지오" 비슷하게 들리는 그 이름이 어떤 이름일까. 그것을 정확히 알아내고 규명하는 것이 그 진지한 남자에게는 완벽하게 수행해야 할 적합한 과제이자 일거리인 것 같았다. 그래서 자기가 알고 있는 얼마 되지 않는 폴란드 말의 기억을 더듬어 보았을 때 그의 이름이 "타치오"임이 분명하다는 결론에 도달했다. 그것은 "타데우스"를 줄인 말이며, 부를 때에는 "타치우"

---

10 크세노폰(Xenophon: B.C.430?~B.C.355?)의 소크라테스 전기에 나오는 말이다. "아름다움이 사람에게만 존재하느냐?"라는 소크라테스의 질문에 크리토불로스Kritobulos는 "말이나 소, 그리고 영혼을 가지지 않은 많은 것들, 즉 방패, 칼, 창 등도 아름다울 수 있습니다. 진실로 이들이 그 용도에 맞게 만들어져 있을 경우, 혹은 우리의 필요에 잘 맞게 자연적으로 구성되어 있는 경우, 이들은 아름답고 좋습니다"라고 대답했다. 그리고 크리토불로스가 알키비아데스Alkibiades의 아들에게 키스를 했더니, 소크라테스가 그에게 1년간 여행을 떠나는 것이 좋겠다고 충고를 한다.

로 소리 났던 것이다.

타치오는 수영을 하고 있었다. 그 아이를 시야에서 놓치고 있었던 아쉔바흐는 저 멀리 바다에서 아이의 머리와, 노를 젓듯 큰 동작으로 휘젓고 있는 아이의 팔을 발견했다. 바다는 꽤 멀리까지 얕았기 때문이었다. 그런데 벌써 사람들이 그 소년을 염려하는 것 같았고, 소년을 부르는 여자의 목소리가 오두막에서 들려왔다. 재차 그 이름을 외치는 소리가 들렸는데, 마치 구호처럼 그 소리는 해변에 울려 퍼졌다. "타치우! 타치우!" 외쳐대는 그 소리는 부드러운 모음, 즉 끝에서 길게 끌리는 '우' 음 때문에 다소 감미로운 동시에 거칠다는 느낌을 주었다. 소년은 되돌아왔다. 거슬러 흐르는 물을 다리로 걷어차 물보라를 일으키며, 고개를 뒤로 젖힌 채 물결을 가르면서 달려왔다. 호감이 가면서도 냉담한 모습, 곱슬머리에서 물이 뚝뚝 떨어지며 하늘과 바다의 깊숙한 곳에서 나온 신과 같이 아름다운 모습, 그 생명력 넘치는 모습은 원초적 자연에서 솟아나와 이내 빠져나가는 광경이었다. 그러한 광경은 신화적인 상상을 불러일으켰다. 그것은 마치 태초의 시간, 형식의 기원, 신들의 탄생 등에 관해 이야기하는 시인들의 이야기와도 같았다. 아쉔바흐는 두 눈을 감고 자기 마음속에서 울려 퍼지는 그 노랫소리에 귀를 기울였다. 그리고 다시 한 번, 여기가 마음에 들고 또 여기에 더 머무르고 싶다고 생각했다.

그런 후 타치오는 해수욕을 하고 쉬기 위해, 오른쪽 어깨 아래를 여미는 하얀색 가운을 걸친 채 모래사장에 팔베개를 하고 누워 있었다. 아쉔바흐는 소년을 바라보지 않고 책을 몇 페이지 읽고 있었지만, 소년이 그쪽에 누워 있다는 사실과 자신이 고개를 오른쪽으로 약간만 돌리면 그 놀라운 경탄의 대상을 볼 수 있다는 사실을 결코 잊지 않았다. 아쉔바흐는 자신이 거기에 앉아 있는 것이 마치 쉬고 있는 그 소년을 지켜주기 위해서인 것 같다는 생각이 들었다. —그는 자신의 일에 몰두했다. 그러면서도 자신과 멀리 떨어져 있지 않은 그곳 오른쪽에 있는 고귀한 인간 형상에 대해 끊임없이 주의를 기울이고 있었다. 그리고 아버지와 같은 헌신적인 마음, 말하자면 정신적으로 자신을 희생시켜 아름다움을 창조하는 자가, 아름다움을 지니고 있는 자에게 가지는 그런 감동적인 애정이 그의 가슴을 가득 채웠고, 그의 마음을 벅차게 했다.

정오가 지나서 그는 해변을 떠나 호텔로 돌아와서는 자기 방 앞까지 승강기를 타고 올라갔다. 방 안에서 그는 한참동안 거울 앞에 머물면서 세어 버린 자신의 머리카락과 피곤해보이고 까칠해진 얼굴을 들여다보았다. 그 순간 그는 자신의 명성에 관해 생각해 보았다. 그리고 많은 사람들이 거리에서 자신을 알아보고, 적절하고 고상하게 꾸며놓은 말들 때문에 자신을 존경하는 눈빛으로 쳐다보는 점에 대해 생각해 보았다. —그리고 불현듯 떠오른 자신의 재능이 가져다준 모든 외면적 성공들을 일일이 생각해 내었고, 자신이 귀족이 된 경위도 회상해 보았다. 그런 다음 그는 점심을 먹으러 식당으로 내려가서 자신의 작은 식탁에 앉아 식사를 했다. 그가 식사를 끝내고 나서 승강기에 올라탔을 때, 마찬가지로 식사를 마친 한 무리의 소년들이 흔들리는 승강기 안으로 뒤이어 몰려 들어왔다. 타치오도 들어왔다. 그가 아쉔바흐의 바로 곁에 서 있게 되었던 것이다. 처음으로 소년이 너무나 가까이 있었기 때문에, 아쉔바흐는 멀리서 형상을 관찰하는 것이 아니라 아주 상세하게 소년의 인간적인 풍모의 세세한 부분을 관찰하고 또 알게 되었다. 어떤 아이가 그 소년에게 말을 걸자 그 소년은 이루 형용할 수 없을 정도로 사랑스러운 미소를 지으며 대답했다. 금방 2층에 도착하자 소년은 시선을 내리깔고서 뒷걸음질 치며 승강기에서 빠져 나갔다. '아름다움은 사람을 수줍게 만드는구나' 하고 아쉔바흐는 생각했다. 그러고는 그 이유를 곰곰이 생각해 보았다. 그런데 타치오의 치아 상태가 그다지 좋지 않다는 것을 아쉔바흐는 알아 차렸다. 끝이 좀 뾰족뾰족하고 창백한 빛깔이었고, 건강한 치아에서 보이는 광택도 보이지 않았고, 빈혈 환자들에게서 가끔 볼 수 있는 것처럼 특이하게도 잘 깨어질 것 같은 투명한 치아였다. '무척 허약한 아이구나, 무슨 병이 있는 것 같아' 하고 아쉔바흐는 마음속으로 생각했다. '그 애는 아마 오래 살지 못할 거야.' 아쉔바흐는 이런 생각을 하면서 왜 만족감 또는 안도감을 느끼게 되는지 그 이유를 규명하는 것은 단념하였다.

아쉔바흐는 자기 방에서 두 시간쯤 보낸 다음에, 오후에는 바포레토를 타고 악취가 나는 석호를 지나 베네치아로 갔다. 그는 산 마르코에서 내려 그곳 광장에서 차를 마시고 난 다음, 이곳에 오면 늘 그렇게 하는 일정에 따라 거리를 돌아다니며 산책을 했다. 그런데 그의 기분과 결심이 완전히 돌변하게 된 것은 바로 이 산책길이었다.

골목마다 역겨운 무더움이 가득 차 있었다. 공기가 너무나 텁텁했기 때문에 가정집과 상점, 음식점에서 새어나온 냄새들과 기름 냄새, 코를 진동하는 향수 냄새, 그 밖의 많은 다른 냄새들이 증기 속에 뒤섞인 채 흩어지지 않고 있었다. 담배 연기마저도 제자리에 머물고 있다가 아주 서서히 흩어질 정도였다. 좁다란 골목에 인파가 북적대는 바람에 산책 중인 아셴바흐는 유쾌하기는커녕 괴로울 지경이었다. 그가 오래도록 산책을 하면 할수록 그 끔찍한 상태는 더욱더 고통스럽게 짓눌러왔다. 그 상태는 시로코 열풍과 바닷바람이 함께 뒤섞여 야기되었고, 동시에 흥분을 시키기도 하고 무기력하게도 만들었다. 고통스러운 땀이 흘러내렸다. 눈이 잘 보이지 않았고, 가슴이 답답해 졌으며, 몸에 열이 나고 머리에서는 혈관의 피가 폴딱거렸다. 그는 사람들로 북적거리는 상가 골목에서 도망치듯 빠져나와 다리를 건너 빈민가 골목으로 들어섰다. 그곳에서는 거지들이 그를 괴롭혔으며, 하수구에서 나는 메스꺼운 악취로 그는 숨 쉬는 것조차도 힘들어 했다. 베네치아의 안쪽에 위치한 어느 조용한 곳, 마법에 걸려 망각된 듯한 기분이 드는 장소들 중 한 곳인 분수의 가장자리에서 쉬면서 그는 이마에 흐르는 땀을 닦았다. 그리고 다시 떠나야 한다는 것을 깨달았다.

두 번째로 그리고 최종적으로 입증된 것은, 이와 같은 날씨의 이 도시가 그에게 무척이나 해롭다는 사실이었다. 고집스럽게 그대로 남아 있는 것은 이성에 어긋나는 일인 듯했고, 바람의 방향이 바뀔 전망도 아주 불확실했다. 조속한 결단을 내려야 했다. 하지만 지금 당장 집으로 돌아가는 것은 곤란한 일이었다. 여름 숙소도 그렇고 겨울 숙소도 그를 받아들일 준비가 되어 있지 않았던 것이다. 하지만 바다와 해변이 이곳에만 있는 것은 아니었다. 어디 다른 곳에는 석호와 그것의 뜨거운 증기 같은 해로운 부수작용이 없는 바다와 해변이 있을 것이다. 그는 트리에스트에서 멀지 않은 곳에 있는 조그마한 해수욕장이 생각났다. 그곳에서 지내기는 괜찮을 거라는 말들을 들었다. 왜 그곳으로 가지 않는 것일까? 그것도 당장, 다시금 체류지를 바꾸는 것이 그럴 만한 가치가 있도록 하는 거다. 그는 단호한 결정을 내리고 자리에서 일어섰다. 그러고는 바로 다음 곤돌라 선착장에서 배를 타고, 운하들의 흐릿한 미로를 통과해 사자상들이 좌우로 호위하는 아름다운 대리석 발코니 아래를 지나갔다. 그리고 매끄러운 담벼락 모퉁이를 돌아, 흔들거리는 수면의 쓰레기 더미 속에서 회사의 커다란 간판이 비치는 쇠락한 궁전 건물 정면을 지나 산 마르코에 다다랐다. 아셴바흐는 그곳에 도착하기까지 애를 먹었다. 왜냐하면 레이스 공장과 유리 상품 공장과 결탁한 곤돌라 사공이 아무 데서나 배를 멈추고는 그에게 물건을 구경시키고 구입하라고 권유했기 때문이었다. 베네치아를 통과해 가는 그 기이한 뱃놀이가 매력적인 일이기는 하였지만, 바가지를 씌우려는 장사치들의 상술 때문에 그는 다시 정신이 들면서 기분이 언짢아졌다.

호텔에 돌아와서 그는 저녁 식사도 끝마치기 전에 사무실에 들러서, 예기치 못한 사정이 생겨 다음날 아침 일찍 떠나야겠다고 통고했다. 호텔 직원은 유감스러워하며 그의 계산서를 끊어주었다. 아쉔바흐는 식사를 하고 나서 미적지근한 저녁 시간을 뒤쪽 테라스의 흔들의자에 앉아 잡지를 읽으면서 보냈다. 잠자리에 들기 전에 그는 짐을 전부 다 싸서 떠날 채비를 해두었다.

또다시 출발할 일이 눈앞에 다가와 불안했기 때문에 그는 잠을 푹 자지 못했다. 아침에 일어나 창문을 열었을 때도 하늘은 여전히 구름이 끼어 있었다. 하지만 공기는 한결 상쾌해진 것 같았다. 그런데 그는 벌써 후회하기 시작했다. 떠나겠다고 통고를 한 것이 너무 성급하고 잘못된 것이 아니었을까? 즉 몸이 아파서 비정상적인 상태에서 나온 행동이 아니었을까? 만일 그 통고를 조금만 더 미루었더라면, 그렇게 성급하게 낙담하지 말고 베네치아의 공기에 적응하려는 노력을 해보거나 아니면 날씨가 더 좋아지기를 기다렸더라면, 그는 지금쯤은 조급함과 부담감을 느끼는 대신에 어제 해변에서의 오전 시간과 꼭 같은 오전을 맞이하고 있을 텐데. 이제 너무 늦어버렸다. 어제 그가 하려고 했던 바를 실행하기 위해 이제 떠나지 않으면 안 되었다. 그는 옷을 차려입고서 여덟 시에 아침 식사를 하러 1층으로 내려갔다.

그가 식당에 들어갔을 때 그곳에는 아직 사람들이 별로 없었다. 그가 앉아서 주문한 음식을 기다리는 동안 몇몇 사람들이 나타났다. 그는 입에 찻잔을 갖다 대면서, 폴란드 소녀들이 가정교사와 함께 들어오는 것을 바라보았다. 그들은 엄숙하고 아침 원기에 찬 표정에 충혈된 눈을 하고 창가 구석에 있는 자기네 식탁으로 걸어갔다. 그런 직후 모자를 꾹 눌러쓴 호텔 수위가 아쉔바흐에게 다가와 출발 시간이 되었음을 알렸다. 아쉔바흐와 또 다른 여행객들을 엑셀시오르 호텔로 모셔다드릴 자동차가 준비되어 있다는 것이다. 또 거기서부터는 모터보트가 손님들을 싣고 회사 전용 운하를 통과해 기차역까지 모셔다 드린다는 것이다. 시간이 촉박하다는 것이었다. ―아쉔바흐는 그럴 리가 없다고 생각했다. 자신이 타고 갈 기차가 출발할 때까지는 아직 한 시간 이상 남아 있었다. 떠날 손님을 일찌감치 호텔에서 나가게 하려는 호텔의 행태에 아쉔바흐는 화가 났다. 그래서 그는 좀 느긋하게 아침 식사를 하기를 원한다고 호텔 수위에게 이야기하였다. 수위는 머뭇거리다가 되돌아가더니 5분 후에 다시 나타났다. 차가 더 이상 기다린다는 것은 불가능하다는 것이었다. 그러자 아쉔바흐는 "그러면 차를 떠나게 하시구려, 그리고 내 트렁크도 함께 실어 주시고 말이지요" 하며, 흥분해서 대답했다. 아쉔바흐 자신은 예정된 시간에 일반 증기선을 이용하고 싶다고 얘기했고, 그리고 제발 자신의 출발에 대한 걱정은 자신에게 맡겨두라고 말했다. 호텔 수위는 허리를 굽혀 인사했다. 아쉔바흐는 성가신

재촉을 물리쳤다는 기쁨에 식사를 서두르지 않고 차분하게 마쳤다. 심지어 그는 웨이터에게 신문을 건네받기까지 했다. 그가 자리에서 일어났을 때는 시간이 아주 빠듯해졌다. 바로 그 순간에 타치오가 때맞춰 유리문을 통과하여 식당으로 들어오고 있었다.

소년은 떠나려고 하는 아쉔바흐의 앞길을 가로질러 자기 식구들이 있는 식탁 쪽으로 걸어가다가 머리가 희끗하고 이마가 불룩 튀어나온 남자 아쉔바흐 앞에서 겸손하게 시선을 떨어뜨렸다. 그러더니 다시 그 특유의 사랑스런 모습으로 아쉔바흐를 향해 부드럽고 그윽하게 눈을 올려 떠 바라보면서, 그의 옆을 스쳐 지나갔다. '안녕, 타치오!' 하고 아쉔바흐는 마음속으로 생각했다. '내가 너를 본 게 잠깐 동안이었어' 하고 그는 자신의 평소 습관과 달리 마음속으로 생각한 것을 정말로 입술로 나타내며 혼잣말로 중얼거렸다. 그리고 '신의 가호가 있기를!' 하고 덧붙여 말하였다. ─그러고 나서 그는 출발하였으며, 팁도 골고루 나누어 주었다. 그는 또 프랑스식 프록코트를 입은 키가 작고 목소리가 나지막한 지배인의 작별 인사를 받으며, 올 때와 마찬가지로 휴대용 짐을 나르는 호텔 벨 보이의 수행을 받으며 걸어서 호텔을 떠났다. 그리고 그는 하얀 꽃들이 피어 있는 가로수 길을 지나, 섬을 가로질러 증기선이 있는 부두로 갔다. 그는 그곳에 도착해서 자리를 잡았다. ─그리고 그 다음에 그의 마음에 찾아온 것은 깊은 후회에서 오는 슬픔 가득한 고뇌의 항해였다.

그 여정은 석호를 가로질러, 산 마르코를 지나 대운하까지 거슬러 올라가는 친숙한 여행이었다. 아쉔바흐는 뱃머리의 둥근 벤치에 걸터앉아 팔을 난간에 받치고 손으로 그늘을 만들며 눈을 가리고 있었다. 공원들이 뒤로 멀어져가고, 작은 광장들은 군주다운 기품으로 다시 한 번 눈앞에 펼쳐졌다가 멀리 사라져버렸다. 도주하듯 늘어선 궁전들이 나왔고, 수로의 방향이 바뀌자 이번에는 리알토 다리의 화려한 대리석 아치가 모습을 드러내었다. 여행객 아쉔바흐는 그것을 바라보았다. 그런데 그의 가슴은 찢어지는 듯싶었다. 그 도시의 분위기를, 또 바다와 습지의 썩은 듯한 냄새, 즉 그에게 도망가라고 그렇게도 몰아붙였던 냄새를 ─그는 이제는 부드럽게 고통스러운 숨결로 깊이 들이마셨다. 그 모든 것들에 대해 그의 가슴이 얼마나 애착을 가지고 있었는지 알지 못했고, 생각하지도 않았다는 것이 대체 가능한 일이었을까? 오늘 아침에는 반쯤 유감스러운 감정이었고, 자신의 행동이 옳은지에 대해 약간 의심하는 정도였던 것이 이제는 아주 상심이 되고 절절한 아픔이 되고 정신의 번뇌가 되고 말았다. 너무나 마음이 쓰라려 그의 두 눈에는 여러 번 눈물이 고일 정도였다. 그는 혼잣말로 이렇게 되리라고 미처 예상하지 못했다고 중얼거렸다. 그가 그다지도 견디기 힘들어 한 것은, 정말이지 때로는 도저히 참을 수 없다고 느낀 것은 분명 자신이 이제는 베네치아를 두 번 다시 볼 수 없다는 생각, 이것이 영원히 작별일지도 모른다는 생각이었다. 왜냐하면 두 번째로 이 도시가 그를 병나게 한 것으로 드러났고, 또 그가 두 번째로 이 도시를 허겁지

겁 도망치지 않으면 안 되었으므로, 앞으로 베네치아는 그에게 머무를 수도 없고 머물러서도 안 되는 체류지로 간주될 것이기 때문이었다. 그는 베네치아를 감당할 수 없었고, 나중에 이 도시를 다시 찾는다는 것은 무의미한 노릇이었다. 정말 그랬다. 그가 지금 떠나게 되면, 두 번씩이나 육체적인 이유 때문에 단념했던 이 사랑스러운 도시를 수치심과 오기 때문에 다시는 보지 못할 것임을 느끼고 있었다. 정신적 애착과 육체적 능력 사이의 이러한 다툼, 즉 마음은 끌리지만 신체가 감당하지 못하는 이러한 모순은 초로의 남자 아쉔바흐에게 불현듯 너무나 힘들고도 중요한 것 같았으며, 육체적 패배는 너무나 굴욕적인 것이어서 어떤 대가를 치르고서라도 견뎌내어야 했던 것 같았다. 그래서 그는 어제 자기가 진지하게 싸워 보지도 않고 육체적 패배를 받아들이고 인정해 버린 그러한 경솔한 체념을 도저히 이해할 수가 없었다.

그러는 동안에 증기선은 기차역에 가까이 다가가고 있었으며, 아쉔바흐는 고통스런 마음과 어찌할 수 없는 당혹감이 가중되어 정신이 혼란스럽기까지 했다. 고통스런 아쉔바흐에게는 출발한다는 것이 불가능해 보였으며, 더군다나 돌아선다는 것은 더더욱 불가능해 보였다. 그와 같이 완전히 분열된 마음으로 그는 정거장에 들어섰다. 시간이 너무 늦었다. 기차를 타려면 잠시라도 지체해서는 안 될 상황이었다. 그는 기차를 탈 마음도 있었고, 타지 않을 마음도 있었다. 그런데 시간이 촉박했고, 시간이 그를 앞으로 내몰았다. 그는 서둘러 기차표를 끊고, 시끌벅적한 구내에서 그곳에 상주하고 있는 호텔측 직원을 찾아 두리번거렸다. 그 직원이 나타나더니, 큰 트렁크는 이미 부쳤다고 알렸다. 벌써 부쳤다고요? 그럼요, 아주 잘 부쳤지요. —코모로 말입니다. 코모라고요? 이렇게 급하게 말이 오가고, 성마른 질문과 당황스런 대답이 교환되는 사이, 가방은 벌써 엑셀시오르 호텔의 화물운송부에서 다른 사람들의 짐들과 함께 완전히 엉뚱한 방향으로 발송되었다는 사실이 드러났다.

아쉔바흐는 이런 상황에서 유일하게 납득할 만한 얼굴 표정을 유지하느라 애를 썼다. 일종의 모험적인 기쁨, 믿을 수 없는 명랑함이 마음속으로부터 거의 경련하듯 솟구쳐 그의 가슴을 마구 뒤흔들었다. 호텔 직원이 트렁크를 가능한 한 다시 찾기 위해 황급히 뛰어갔으나, 예상한 대로 그는 빈손으로 돌아왔다. 그러자 아쉔바흐는 자기의 짐 없이는 절대로 여행을 떠나지 않을 것이니, 해변 호텔로 돌아가서 짐이 도착하기를 기다릴 작정이라고 설명했다. 호텔 전용 모터보트가 아직 역에 있는지 물어 보았더니, 그것은 바로 문 앞에 있다고 그 직원은 확인해 주었다. 그는 창구직원에게 이탈리아어로 장황하게 설득하더니 아까 끊은 차표를 반환해 달라고 했다. 또 호텔로 전보를 쳐서 트렁크가 속히 돌아오도록 최선의 조치를 취하겠다고 맹세했다. 이리하여 여행객 아쉔바흐가 기차역에 도착한 지 20분 만에 다시 대운하를 이용하여 리도로 되돌아가는 자신을 보게 되는 희한한 일이 벌어지게 되었다.

정말 믿을 수 없을 정도로 기묘하고, 창피하면서도, 우스꽝스럽고 꿈같은 모험이었다. 조금 전 너무도 깊은 슬픔에 빠져 영원히 작별을 고했던 장소를, 운명적으로 방향을 돌려 되돌아와서 한 시간도 채 지나지 않아 다시 보게 되다니 말이다! 조그마하고 날렵한 모터보트는 뱃머리에서 거품을 일으키면서 곤돌라와 증기선들 사이를 익살스럽고 교묘하게 빠져나가며 쏜살같이 목적지를 향해 돌진하여 갔다. 그사이 불쾌한 체념의 표정을 하고 있던 단 한 명의 승객 아쉔바흐는 가출 소년처럼 불안하고도 들뜬 마음으로 흥분된 감정을 숨기고 있었다. 마음속으로는 아직도 이렇게 일이 잘못된 것에 대해 이따금씩 웃음이 터져 나오고 있었다. 그것은 억세게 운이 좋은 행운아라도 그 이상으로 호의적인 습격을 받을 수 없는 불행이라고 그는 자신에게 말했다. 또 여러 가지 설명도 해야 하고, 놀란 얼굴들도 참고 바라다보지 않으면 안 될 거야. 하지만 그러고 나면, 하고 그는 자기 자신에게 말했다. 모든 것이 잘 될 것이다. 그리고 그 다음에는 불행이 미연에 방지될 것이고, 심각한 오류도 바로잡히게 되는 거지. 그리고 자신이 다 떨쳐버렸다고 생각한 모든 것들이 다시 그의 앞에 펼쳐져서, 아무 때고 원하는 때에 다시…… 그런데 배의 빠른 속도 때문에 그가 착각을 한 것일까? 아니면 정말 불필요하게도 이제야 바다 쪽에서 바람이 불어오고 있는 것일까?

찰싹거리는 파도는 섬을 가로질러 엑셀시오르 호텔까지 뻗어 있는 좁은 운하의 콘크리트 벽에 부딪쳐 부서지고 있었다. 한 대의 승

합버스가 거기서 되돌아오는 아쉔바흐를 기다리고 있다가 잔물결이 출렁이는 바다 위쪽으로 곧게 뻗은 길을 따라 해수욕장 호텔로 데려다 주었다. 키가 작고 콧수염을 기른 지배인은 긴 꼬리가 달린 프록코트를 입고서 인사를 하기 위해 옥외 계단을 내려왔다.

그 남자는 나지막하게 아양을 떠는 목소리로 말했는데, 그 돌발 사태에 대해서 유감을 표시했고, 그것은 손님과 호텔 양측에 지극히 불미스런 일이라고 말했다. 하지만 이곳에서 짐을 기다리겠다는 아쉔바흐의 결정은 확실히 잘한 일이라고 동감을 표했다. 물론 그가 묵고 있던 방은 이미 찼으나, 그에 못지않은 다른 방을 즉시 마련해 드리겠다는 것이다. 승강기에 올라타자 스위스인 승강기 운전사가 "운이 없으시군요, 선생님" 하고 미소를 지으며 프랑스어로 말했다. 그리하여 도망자 아쉔바흐는 지난번에 묵었던 방과 위치와 시설이 거의 똑같은 방에서 다시 숙박하게 되었다.

이렇게 유별났던 오전의 법석 때문에 온몸이 피곤하고 정신이 멍해진 아쉔바흐는 자기 손가방에 든 내용물을 방 안에 꺼내 놓은 다음 열어둔 창가에 있는 팔걸이의자에 앉았다. 바다는 엷은 초록의 색채를 띠었고, 공기는 더 엷어지고 더 맑아지는 것 같았다. 하늘은 여전히 흐렸지만 오두막과 보트가 있는 해변은 다채로워 보였다. 아쉔바흐는 두 손을 무릎에 포개고 밖을 내다보았다. 다시 여기에 있게 된 것에 대해 만족스럽게 여겼다. 그러면서 자신의 변덕스런 기분, 자신이 가졌던 소망을 몰랐다는 것에 대해 고개를 흔들며 질책했다. 그렇게 아마 한 시간 가까이 휴식을 취하며 아무 생각 없이 꿈을 꾸듯 앉아 있었다. 정오 무렵에 그는, 타치오가 빨간 리본이 달린 줄무늬 리넨 양복을 입고 바다 쪽에서 해변 울타리를 통과해 널빤지 길을 따라서 호텔로 돌아오고 있는 것을 보았다. 아쉔바흐는 사실 그 아이의 모습을 눈으로 정확하게 알아보기도 전에 아이의 키만으로 바로 그라는 것을 알아챘다. 그리고 마음속으로 이런 생각을 했다. '보거라, 타치오, 너 또한 다시 여기에 있구나!' 그러나 바로 그 순간 무심결에 한 그 인사말이 자신의 진실한 마음 앞에서 힘없이 쓰러지고 침묵하게 되는 것을 느꼈다. ―그는 피가 끓어오르는 감격, 기쁨, 자기 영혼의 고통을 느꼈으며, 자기가 베네치아와 이별하는 것을 그토록 힘들게 만들었던 이유가 바로 타치오 때문이라는 것을 깨달았다.

아쉔바흐는 남의 눈에 전혀 띄지 않는 높다란 위치에서 아주 조용히 앉아 스스로의 내면을 들여다보고 있었다. 그의 얼굴 표정은 깨어 있었고, 눈썹은 치켜 올라가 있었으며, 입가에는 호기심에 가득 찬 주의 깊은 미소가 맴돌았다. 그러고 나서 그는 머리를 쳐들고, 안락의자 팔걸이 위에 축 늘어뜨렸던 두 팔을 천천히 돌리며 손바닥을 치켜 올리는 동작을 취하였다. 즉 그 동작은 팔을 활짝 펴 보이고 두 팔을 들어 올리는 모습을 보여주는 것과 같았다. 그것은 기꺼이 환영하겠다는 의미의 몸짓이었고, 차분히 맞이하겠다는 몸짓이었다.

제4장

태양의 신이 이제 매일같이 두 뺨에 열기를 띤 채, 불을 내뿜는 벌 거숭이 사두마차를 몰아 드넓은 하늘을 달리고 있었다. 그의 노란 색 고수머리는 그때 마침 불어오는 동풍에 마구 휘날렸다. 느릿느릿 출렁이는 광대한 바다 위에 희뿌옇고 비단처럼 쿠드러운 빛이 펼쳐 져 있었다. 모래사장은 뜨겁게 달아올랐다. 은빛으로 가물거리는 푸 른 하늘 아래쪽 해변 오두막 앞으로는 녹색 천막들이 쳐져 있고, 이 들이 만들어낸 윤곽이 뚜렷한 그늘에서는 사람들이 아침나절을 보 내고 있었다. 그러나 공원에 있는 식물들이 향유 같은 향기를 내뿜 고, 별들이 저 높은 곳에서 윤무를 추고, 어스름 속에 잠긴 바다의 낮은 중얼거림이 나지막이 밀려와서 영혼에 관해 이야기를 할 때면, 저녁 시간도 더없이 좋았다. 그러한 저녁에는 가벼운 여유가 있는 청명한 새 날이, 그리고 끊임없이 기분 좋은 우연의 가능성이 아주 연달아 돋보일 청명한 새 날이 보증을 하듯 꼭 찾아올 것 같았다.

그처럼 운명적인 불운에 의해 이곳에 붙잡혀 있게 된 손님 아쉔바흐는 자기 짐을 되찾은 것을 이곳에서 재차 떠날 이유라고 생각하기에는 거리가 멀었다. 그는 이틀 동안 몇 가지 불편한 것을 참아냈고, 식사 시간에는 대형 식당에 여행복 차림으로 나타나야 했다. 그러다가 마침내 잘못 보내졌던 짐이 자기 방으로 돌아오자 그는 짐을 죄다 풀어서 옷장과 서랍을 가득 채웠고, 얼마가 될지는 몰라도 당분간 계속해서 머무르기로 결심했다. 그는 실크 정장 차림으로 해변에서 몇 시간을 보내다가, 저녁 식사 때면 다시 근사한 저녁 정장 차림을 하고 자기 식탁에 나타날 수 있는 것에 대해 무척 기뻐하였다.

이러한 생활의 기분 좋은 단조로움이 이미 그를 매혹시켰으며, 그런 삶을 영위하는 데서 오는 부드럽고도 찬란한 온화함이 어느새 그를 황홀하게 했다. 정말로 얼마나 환상적인 체류인가! 남국 바닷가의 쾌적한 해수욕장 생활이 주는 매력과 바로 인접한 진귀하고 미묘한 베네치아라는 도시의 친숙한 느낌을 연결해 주는 이러한 체류 말이다! 아쉔바흐는 향락을 좋아하는 사람은 아니었다. 언제 어디서고 재미있게 놀고, 느긋하게 휴식을 취하고 즐겁게 보내려고 할 때면— 특히 젊은 시절에 그랬지만 — 불안감과 거부감이 들어 곧 다시 그는 아주 힘든 일로, 자기 일상의 신성하고 분별 있는 소임으로 돌아가야 할 것 같았다. 그런데 이곳만이 그에게 마법을 걸어 그의 의지를 누그러뜨리고 그를 행복하게 만들어주었다. 때때로 오전에 그는 오두막의 차양 아래에서 남국의 푸른 바다를 꿈꾸듯이 바라본다든지, 아니면 그가 한참동안 머무른 마르쿠스 광장에서부터 별이 총총히 빛나는 하늘 아래서 리도로 귀향하는 동안 그를 태운 곤돌라의 쿠션에 몸을 기댄 그 훈훈한 밤이라든지— 찬란한 불빛과 마음을 녹이는 세레나데의 음향을 뒤로 하고—그는 산악지대에 있는 자신의 별장을, 여름철에 그곳에서 작품을 쓰느라 애를 썼던 그곳을 뇌리에 떠올렸다. 거기에는 구름이 정원 깊숙한 데까지 스며들고, 저녁때는 끔찍스런 천둥 번개에 집 안의 전등이 나가기도 했으며, 그가 먹이를 주는 까마귀들이 가문비나무 꼭대기에서 푸드덕거리며 날아다니기도 했다. 그러다 보니 그는 지구의 끝, 지상천국에 와 있지 않은가 하는 생각이 들었다. 즉 아무런 고생 없이 사람들이 살아갈 수 있는 곳, 눈도 내리지 않고 겨울도 없으며, 폭풍우도 사나운 비도 없으며, 언제나 부드럽게 식혀주는 오케아노스[11]의 숨결이 솟아오르고, 행복에 가득 찬 한가로움 속에서 노고도 없고 투쟁도 없이 하루하루가, 흘러가며 오로지 태양과 축제에만 바쳐지는 그런 곳 말이다.

아쉔바흐는 종종, 아니 거의 매 순간 타치오를 보았다. 말하자면 제한된 공간에서 모두들 똑같은 일정에 따라 생활을 하다 보니 잠깐씩 떨어져 있는 것 말고는 거의 온종일 아름다운 소년은 그와

---

11 그리스 신화에 나오는 대양(大洋)의 신. 천공(天空:우라노스)과 대지(가이아) 사이에서 태어난 티탄신족(神族)의 한 사람이다. 고대의 그리스인(人)들은 세계를 편평한 원형의 대지라고 생각하였는데, 그는 이 대지의 끝을 둘러싸고 흐르는 대하(大河)의 신이었다.

가까이 있었다. 그는 어디서나 소년을 보았고, 또 마주쳤다. 호텔의 아래층 공간에서, 시내로 가거나 돌아오는 시원한 뱃길에서, 화려한 광장에서, 심지어 간혹 운이 좋을 때에는 길에서나 판자 다리에서도 우연히 마주쳤다. 하지만 대개는 해변에서 보내는 오전 시간이 그 고귀한 인물을 숭배하고 관찰할 수 있는 느긋한 기회를 가장 기분 좋게 규칙적으로 제공해 주었다. 그렇다. 그와 같이 행복에 구속되어 있는 것, 즉 매일 한결같이 되풀이되는 호의적 상황들은 너무 좋았다. 그것들로 인해 그는 만족감과 삶의 기쁨으로 충만하게 되었고, 그의 체류를 더 값지게 만들어 주었고, 행복한 하루하루를 너무 기분 좋게도 계속 줄지어 이어지도록 해주었다.

아쉔바흐는 아침 일찍 일어나 다른 사람들보다 먼저 해변으로 갔다. 보통 때 같으면 작업에 대한 열망으로 가슴이 두근거리고 있을 터였다. 태양은 아직 부드럽게 비치고 바다는 하얀빛으로 반짝이며 아침의 단꿈에 빠져 있었다. 그는 해변 울타리 문을 지키는 경비원에게 친절하게 인사하고, 또 하얀 수염을 기른 맨발의 노인— 아쉔바흐에게 자리를 마련해 주며 갈색 차양을 펴주고 오두막의 탁자와 의자를 밖으로 꺼내어 나무판 바닥 위에 놓아 주는 노인— 에게도 다정스럽게 인사를 건네며 자리에 앉았다. 그러고 난 후 서너 시간은 완전히 자신의 시간이었다. 그때면 해가 중천에 떠올라 무시무시한 힘을 발휘하는 시간이었고, 바다가 점점 더 푸른색을 더해 가는 시간이었으며, 아쉔바흐가 타치오를 바라볼 수 있는 시간이었다.

아쉔바흐는 소년이 해변의 왼쪽 가장자리에서 오는 걸 보기도 하고 오두막 사이 뒤쪽에서 나타나는 것을 보기도 했다. 또는 소년이 늦게 오는 줄 알고 있다가 이미 와 있는 것을 발견하기도 하는데, 그럴 때면 너무도 갑작스러우면서도 또한 반가운 마음에 놀라기도 하였다. 이미 소년은 해변에서 늘 입고 다니는 그의 유일한 옷인 파랗고 흰 수영복을 입고, 평소에 하던 습관대로 태양이 쏟아지는 모래사장을 돌아다녔다. — 이렇게 사랑스러울 정도로 무의미하고, 한가롭고도 어수선한 생활은 놀이자 휴식이었다. 즉 그것은 나무판 바닥에 앉아 있는 여자들이 지켜보는 가운데 어슬렁거리거나, 물 첨벙거림을 하거나, 도랑을 파거나, 술래잡기를 하거나, 누워 있거나, 헤엄을 치는 따위였다. 그러다가 여자들이 높은 소리로 "타치우! 타치우!" 하고 그의 이름을 부르면 재빠른 몸동작을 하여 그들에게 달려가 자신이 체험한 것을 그들에게 얘기해 주기도 하고, 자신이 발견하고 잡은 것, 조개며 불가사리며 해파리며 그리고 옆으로 기어다니는 게 등을 보여주곤 했다. 아쉔바흐는 소년이 하는 말을 한마디도 알아듣지 못했다. 하지만 그것은 지극히 평범한 일상의 이야기였을 것이며, 그의 귀에는 몽롱하게 듣기 좋은 음으로 들렸다. 그래서 소년의 이야기가 귀에 낯설다 보니 소년의 말은 음악으로 고양되었고, 고고한 태양은 소년의 머리 위로 아낌없이 찬란한 빛을 쏟아부었으며, 바다의 숭고한 깊이는 언제나 그의 고습 뒤에서 장식이 되고 배경이 되어 주었다.

그 후 얼마 가지 않아 관찰자 아쉔바흐는 이토록 고상한 신체, 이토록 자유롭게 자신을 표현하는 신체의 온갖 선과 몸짓을 알게 되었고, 이미 친숙한 모든 아름다움을 새로이 반갑게 맞이하였고, 경탄과 부드러운 관능적 기쁨이 끝이 없음을 느꼈다. 여자들이 오두막으로 자기들을 찾아온 어떤 손님에게 인사하라고 소년을 불렀다. 소년이 달려왔다. 밀물에 몸이 젖었는지 달려오면서 고수머리를 뒤로 젖혔다. 소년은 한 발에 무게중심을 싣고 다른 발은 발끝을 땅에 댄 채 손을 내밀었다. 그러면서 그는 우아한 긴장감을 보이며 매력적으로 몸을 뺑 돌리고 비틀었고, 귀족의 의무감으로 상대방의 호감을 얻으려고 그러는지 상냥한 태도를 보이느라고 수줍어하고 있었다. 소년은 목욕 수건을 가슴에 두른 채 온몸을 뻗고 누웠다. 귀엽게 다듬어 잘 빠진 팔은 모래에 받치고 오므린 손은 턱을 괴고 있었다. "야슈"라고 불리는 아이가 그 소년 곁에 웅크리고 앉아 아양을 떨고 있었다. 용모가 빼어난 그 소년이 미천한 신하에 지나지 않는 소년을 처다볼 때 그 눈과 입가에 짓는 미소보다 더 매혹적인 것은 있을 수 없었다. 타치오는 자기 가족들과 떨어져서 물가에 서 있었는데, 아쉔바흐와 아주 가까운 곳에서 꼿꼿이 서서 두 손으로 목 뒤를 깍지 낀 채, 발가락 둥근 부분을 지탱하여 천천히 몸을 흔들면서 꿈을 꾸듯 푸른 하늘을 바라보고 있었다. 그러는 동안 밀려오는 작은 파도들이 그의 발가락을 적시고 있었다. 그의 벌꿀 색 머리카락은 고리 모양으로 돌돌 말려 관자놀이와 목덜미에 달라붙어 있었고, 태양은 척추의 윗부분에 난 솜털을 비추고 있었다. 몸통이 꽉 조이도록 입고 있는 목욕수건 때문에 소년의 우아한 갈비뼈 자국과 균형 잡힌 가슴이 역력히 드러나 보였다. 양쪽 겨드랑이는 아직 털이 나지 않아 조각상의 그것처럼 매끄러웠으며, 무릎의 움푹 들어간 오금은 윤기로 반짝이고 있었다. 푸르스름한 혈관들은 그의 육체가 보통 다른 육체보다 더 투명한 소재로 만들어진 것처럼 보이게 했다. 쭉쭉 빠지고 완전한 이 젊은 육체에는 얼마나 훌륭한 규율과 얼마나 정밀한 사고가 표현되어 있는가! 어두움 속에서 빚어 이 성스러운 조각상을 이 세상에 내놓을 수 있었던 그 엄격하고도 순수한 의지!―그것은 예술가인 아쉔바흐가 친숙하고도 너무도 잘 알고 있는 것이 아닌가? 그가 냉정한 열정으로 가득 차서 언어라고 하는 대리석 덩어리로부터 그 날씬한 형식을 해방시켰다면, ―그 형식은 자신이 머릿속에서 보았던 것이자 정신적 아름다움의 전형(典型)과 귀감(龜鑑)으로서 사람들에게 내보였던 것이다 ―그의 내부에서도 그러한 의지가 작용하지 않았을까?

전형과 귀감! 아쉔바흐의 두 눈은 저기 푸른 바다의 가장자리에 서 있는 고귀한 형상을 감싸 안았다. 그리그 가슴 벅찬 황홀감에 빠져 그는 이 형상을 보는 것이야말로 아름다움 그 자체를 이해하는 것이라고 생각했다. 그 아름다움이란 신의 사고로서의 형식이며, 정신 속에서 살고 있는 유일하고도 순수한 완전성이었다. 그런데 그러한 완전성의 한 비유적 모상(模像)이자 비유가 여기에 경쾌하고도 사랑스럽게 우뚝 서서 숭배받기를 기다리고 있는 것이었다. 그것은 도취였다. 그리하여 늙어 가는 그 예술가는 주저함이 없이, 아니 심지어 탐욕적으로 그 도취를 기꺼이 받아들였다. 그의 정신은 뱅뱅 순환하고 있었고, 그의 교양은 격랑에 휩쓸렸으며, 그의 기억은 태곳적의 사고들, 즉 젊은 시절에 그에게 전승되었지만 지금까지 한 번도 자신의 불꽃으로 생기를 가져보지 못했던 사고들을 떠올리게 되었다. 태양은 우리들의 주의력을 지적인 것으로부터 관능적인 것으로 돌려놓는다고 쓰여 있지 않았던가? 또 태양이 오성과 기억을 마비시키고 현혹시키기 때문에, 영혼은 향락에 빠져 자신의 본래 상태를 완전히 잊어버리고 태양이 비추는 대상들 중에서 가장 아름다운 것에 대하여 경탄해하며 매달리게 된다고도 쓰여 있었다. 그렇다. 영혼은 육체의 도움을 받아야만 더 높은 관조(觀照)의 경지에 오를 수 있다. 정말이지 사랑의 신 아모르는 능력이 없는 아이들에게 순수한 형식을 이해하도록 그림으로 보여주는 수학자와 같은 일을 한다. 이와 마찬가지로 신도 우리들에게 정신적인 것을 보여주기 위해 기꺼이 젊은 인간의 형상과 색채를 사용하였다. 그러니 신은 그것을 미의 모든 광채로써 장식하여 기억의 도구로 만들어놓아, 우리가 그것을 보게 될 때마다 어쩌면 고통과 희망에 불타오르게 되는 것이다.

열광한 자 아쉔바흐는 그렇게 생각했다. 또한 그는 그렇게 느낄 수 있었다. 도취의 바다와 강렬한 햇빛은 그에게 매력적인 영상 하나를 떠올려 주었다. 그것은 아테네의 성벽에서 멀지 않은 곳에 있는 플라타너스 고목의 모습이었다. ― 성스러운 그늘이 지고, 서양모형(牡荊)나무의 꽃향기로 가득한 그곳은 님프와 아켈로스[12]를 기리기 위해 성화(聖畵)들과 경건한 공물로 장식되어 있었다. 넓게 가지를 뻗은 나무의 밑동 곁에 맑디맑은 시냇물이 매끄러운 조약돌 위로 흐르고, 매미가 맴맴 울고 있었다. 하지만 누워서도 머리를 들 수 있을 정도로 경사가 완만한 잔디밭 위에는 한낮의 태양을 피해서 온 두 사람이 누워 쉬고 있었다. 한 사람은 나이가 지긋하고 한 사람은 젊은이, 말하자면 보기 싫게 추한 한 사람과 아름다운 한 소년, 그러니까 사랑스런 아이를 대동한 현자(賢者)의 모습이었다. 그리고 점잖은 말과 재치 넘치는 농담을 섞어가며 소크라테스는 파이드로스에게 동경(憧憬)과 미덕에 관해 교훈을 베풀고 있었다. 소크라테스는 그에게, 영원한 아름다움의 모형을 보게 될 때 그것을 느끼는 사람의 강렬한 충격에 대해 말해주고 있었다. 아름다움의 모형을 보고도 경외심을 느낄 수 없어서 아름다움을 생각할 수 없는 불경스럽고 나쁜 인간의 탐욕에 관해서 말하고 있었다. 그리고

---

12 아켈로스Achelous: 그리스 신화에 등장하는 강의 신. 인간의 상반신에 황소의 뿔, 덥수룩한 머리카락과 수염을 갖고 있으며, 하반신은 뱀 같은 물고기의 모습을 하고 있다. 헤라클레스가 칼리돈의 왕녀 데이아네이라에게 구혼했을 때, 아켈로스는 이미 그녀에게 구혼한 상태였기 때문에, 황소의 모습으로 헤라클레스와 싸웠지만 뿔이 부러져서 패배했다고 한다. 상처에서 피가 흐르고, 그 핏방울에서 바다의 괴물 세이렌이 태어났다는 이야기도 있다.

신과 같은 용모, 즉 완전무결한 육체가 나타났을 때 고상한 사람들에게 엄습해오는 성스러운 불안감에 관해서도 말했다. 그런 모습을 보게 되면 그것을 느낄 수 있는 고상한 인간은 흥분하여 온몸을 떨며 제정신을 잃고는 감히 쳐다볼 엄두도 내지 못하고 아름다움을 지닌 자를 숭배하게 될 것이다. 정말이지 고상한 인간은 사람들에게 놀림감이 되는 것이 두렵지만 않다면 마치 조상(彫像)에게 그러하듯 그 자를 경배하게 될지도 모른다는 것이었다. 왜냐하면 아름다움이란, 나의 파이드로스여, 단지 그것만이 사랑스러운 동시에 눈으로 볼 수 있는 것이기 때문이다. 그러니 잘 명심해 두어라! 아름다움만이 우리가 감각적으로 받아들이고 감각적으로 참을 수 있는 단 하나의 정신적 형태인 것이다. 또는 그렇지 않고 그 밖에도 신적인 것, 이성, 미덕, 진리 등이 우리 앞에 감각적으로 나타난다면, 우리에게 어떤 일이 생기게 될까? 옛날에 제멜레[13]가 제우스 앞에서 그랬듯이 우리도 사랑 때문에 멸망하고 다 타버리지 않겠는가? 그러므로 아름다움이란 느낄 수 있는 자가 정신에 이르는 길인 것이다. ─다만 길에 지나지 않으며, 수단일 뿐이다. 어린 파이드로스여…… 이렇게 말하고 나서 노련한 구애자인 소크라테스는 세상에서 가장 미묘한 것을 이야기했는데, 그것은 사랑하는 사람은 사랑

---

13 제멜레Semele: 테베의 왕인 카드모스Cadmus의 딸로서 제우스와의 사이에 디오니소스Dionysus를 낳았다; 질투한 헤라에게 기만당하여, 번개의 신으로서의 제우스의 장엄한 모습을 보고 싶다는 그녀의 소원을 제우스가 들어 주었기 때문에 벼락에 맞아 죽었다.

받는 사람보다 더욱 신에 가깝다는 얘기였다. 왜냐하면 사랑하는 사람 속에는 신이 있지만, 사랑받는 사람 속에는 신이 없기 때문이라는 것이었다. ― 이것은 어쩌면 지금까지 인간이 생각했던 것 중에서 가장 섬세하고도 조롱기가 많은 생각일지도 모른다. 그리하여 동경에 담긴 모든 교활함과 극도로 은밀한 쾌락은 바로 이 생각에서 유래하고 있는 것이다.

작가의 행복이란 완전한 감정이 될 수 있는 생각을 갖는 것이며, 또한 완전한 생각이 될 수 있는 감정을 갖는 것이다. 고독한 사람 아쉔바흐는 그 당시 그렇게 요동치는 생각과 그렇게 세밀한 감정을 가지고 있었고, 또한 거기에 따르고 있었다. 즉, 정신이 아름다움 앞에서 공손하게 경배를 하면 자연은 기쁨에 겨워 전율한다는 것이다. 그는 갑자기 글을 쓰고 싶다는 욕구를 느꼈다. 사실 에로스는 빈둥거리는 삶을 사랑하고, 오로지 그러한 삶을 위해서만 창조되었다고들 한다. 하지만 이러한 위기의 순간에서 시련을 겪는 사람의 흥분은 생산적 창조에 초점을 맞추게 되어 있었다. 그 동기야 무엇이건 거의 대수롭지 않은 것이었다. 문화와 미적 취미의 어느 중대하고 시급한 문제에 대하여 그 소신을 명백히 알려달라는 일종의 문의, 일종의 자극이 정신세계의 현안으로 부상하게 되었고, 그것이 여행을 떠나와 있는 이 작가에게까지 들이닥친 것이었다. 그 대상 내지 주제는 그에게 친숙한 것이었고, 그가 체험한 것이기도 했다. 그는 그 주제를 자신의 언어로 조명하여 환하게 빛나도록 해보고 싶은 욕구가 생겨서 불현듯 참을 수가 없었다. 그런데 사실 그의 욕구는 타치오가 있는 자리에서 작업하고, 타치오의 몸뚱이를 모델로 삼아 글을 쓰고, 그의 문체를 신적으로 보이는 이 신체의 선(線)에 따르도록 하여, 마치 옛날에 독수리가 트리이의 목동[14]을 하늘 높이 태워서 올라갔던 것처럼, 소년의 아름다움을 정신적인 것으로 옮겨놓고 싶다는 데로 치닫고 있었다. 그는 말이 주는 쾌락을 지금보다 더 달콤하게 느낀 적이 없었으며, 에로스가 말 속에 있으리라고는 결코 알지 못했다. 이를테면 차양 아래 놓인 조잡한 탁자에 앉아 자신의 우상을 눈앞에 보고 그의 음악적인 목소리를 귀로 들으면서 소년 타치오의 아름다움에 대해 짧은 시론(詩論)을 쓰고 있는 그 위태로우면서도 귀중한 몇 시간 동안에도 에로스는 그 속에 있었던 것이다.—그 시론은 한 페이지 반 정도의 분량으로 정선된 산문으로 쓰였으며, 그 시론의 순수성과 고귀함 그리고 고조된 감정의 긴장은 머지않아 많은 사람들의 경탄을 불러일으킬 것임에 틀림없었다. 세상 사람들이 작품의 기원이나 작품의 생성 조건들은 알지 못하고 그냥 아름다운 작품만을 알게 되는 것은 확실히 좋은 일이다. 왜냐하면 예술가에게 영감을 불어넣은 원천을 알게 되면 그들은 자주

---

14 아름다운 소년 가뉘메드Ganymed에 대한 제우스의 사랑을 내용으로 하는 신화의 내용이다. 트로이의 왕자 가뉘메드를 우연히 보게 된 제우스는 그를 사랑하게 되었고, 그 소년을 자신의 곁에 두고자 독수리 (또는 회오리바람)로 변해서 올림포스 산으로 납치하여 신들의 음료인 넥타르를 따르는 시종으로 삼는다. 그렇게 함으로써 헤라의 질투를 피한다. 이것은 그리스적 동성애의 상징으로 볼 수 있다.

혼란에 빠지거나, 겁을 집어먹게 되고 그래서 그 탁월한 작품의 효과를 지양(止揚)시키게 될 것이기 때문이다. 이상야릇한 시간들! 기묘하게 신경을 소모시키는 힘든 일! 정신과 육체(肉體)의 기이하게 생산적인 관계! 아셴바흐는 작업하던 원고를 집어넣고 해변을 떠났는데, 그때 그는 지칠 대로 지쳐서 정말이지 녹초가 된 느낌이 들었다. 마치 한바탕 방종한 짓을 하고 난 뒤 자기 양심이 자기에게 고소(告訴)라도 하는 기분이었다.

다음 날 아침의 일이었다. 막 호텔을 나서려고 하던 아셴바흐는 바깥 계단으로부터, 타치오가 벌써—그것도 혼자서— 바다 쪽으로 가려고 해변으로 통하는 울타리 문으로 다가가고 있는 것을 보았다. 이 기회를 이용하여 자기도 모르는 사이에 자신에게 그토록 많은 정신적 고조와 감동을 선사한 그 소년과 경쾌하고 명랑한 인사를 나누고 싶은 소망, 즉 소년에게 말을 걸어 그의 대답을 듣고 그의 시선을 즐기고 싶은 단순한 생각이 언뜻 떠오르더니 걷잡을 수 없이 밀려들었다. 아름다운 소년은 어슬렁거리며 걸어가고 있었다. 아셴바흐는 소년을 따라잡을 수 있을 것 같아서 걸음을 빨리하였다. 그래서 아셴바흐는 오두막들 뒤쪽에 있는 판자 길에서 소년을 따라잡았다. 그는 소년의 머리 위에, 어깨 위에 손을 올려놓고 싶었다. 그리고 어떤 말 한마디, 듣기 좋은 프랑스어 한마디가 그의 입술에 맴돌았다. 그때 그는 그의 심장이, 어쩌면 너무 빨리 걸어서 그럴 수도 있겠지만, 마치 망치로 두드리는 것같이 두근거리는 것을 느꼈으며, 이렇게 숨이 가빠지게 되면 단지 억눌려서 떨리는 소리밖에는 나오지 않을 것 같았다. 그는 머뭇거리며 마음을 진정시키려고 하였다. 그런데 그는 갑자기 자기가 너무 오랫동안 아름다운 소년의 뒤를 바짝 따라가고 있지 않는가 하는 두려움이 들었고, 소년이 이를 눈치 채서 무슨 일인가 하고 주위를 둘러보지나 않을까 염려스럽기도 하였다. 그래도 아쉔바흐는 다시 한 번 시도했지만 끝내 실패하고는 포기해버렸다. 그는 머리를 숙인 채 소년의 곁을 그냥 지나가 버리고 말았다.

너무 늦었다! 그 순간 아쉔바흐는 그렇게 생각했다. 너무 늦었어! 그런데 정말 너무 늦은 것일까? 그가 행하려고 했던 것을 놓쳐버리고 만 그 행동은 어쩌면 좋은 결과, 경쾌하고 즐거운 결과를 가져왔을지도 모르고, 즉 그가 각성하게 되어 유익한 결과를 초래했을지도 모른다. 하지만 일이 계획대로 되지 않은 이유는 어쩌면 늙어가는 작가 아쉔바흐가 그러한 각성을 원하지 않았고 도취된 상태를 너무나 귀중하게 생각했다는 데 있었던 것이다. 누가 예술성의 본질과 특징을 규명할 것인가? 누가 예술성의 본질을 이루고 있는 규율과 무절제의 깊은 본능적 결합을 이해할 수 있을까? 왜냐하면 그 유익한 각성을 원하지 않을 수도 있다는 것이 바로 무절제이기 때문이다. 아쉔바흐는 더 이상 자기비판을 할 기분이 아니었다. 그의 미적 취향과 그의 연령에 갖게 되는 정신적 상태, 자존심, 원숙 그리고 노년의 단순성 때문에 그는 자기의 의도를 실행하지 못한 것이 양심의 가책 때문인지, 아니면 방종함과 나약함 때문인지 그 동인(動因)을 분석하고 결정할 기분이 들지 않았다. 그는 혼란스러웠고, 어느 누구라도— 비록 해안 경비원밖에 없긴 했지만— 자신이 발걸음을 빨리 해서 뒤쫓아 간 것, 그래서 실패한 것을 목격했으면 어쩌나 하고 염려되었고, 자신이 우스꽝스럽게 브이지 않았을까 몹시 걱정되었다. 말이 나왔으니 하는 얘기지만, 그는 그렇게 우스꽝스럽고도 성스러운 불안감을 가지고 있는 자기 자신과 농지거리를 하고 있었던 것이다. "당황스러웠어. 마치 싸우다가 겁을 집어먹고 날개를 축 늘어뜨린 수탉처럼 당황스러웠어. 사랑스런 사람의 모습을 보는 순간에 그렇게 우리의 용기를 꺾어버리고 우리의 자부심을 그토록 여지없이 때려눕히는 것은 정말이지 신이 하는 짓이겠지……" 라고 그는 생각했다. 그는 유희를 즐기고 몽상에 빠졌으며, 어떤 감정을 두려워하기에는 너무도 기고만장하였다.

이미 그는 자신에게 허용한 한가로운 시간이 어떻게 경과하는지 더 이상 감시하지 않고 있었다. 집으로 돌아간다는 생각이 이젠 마음에도 없게 되었다. 그는 풍족하게 돈을 썼다. 그의 걱정거리는 단지 폴란드인 가족들이 혹시라도 출발하지 않을까 하는 것이었다. 사실 그는 호텔 이발사한테 살짝 지나가는 말로 물어보았으며, 그 폴란드인 가족이 아셴바흐 자신이 도착하기 바로 직전에 이곳에 왔다는 것을 알고 있었던 것이다. 태양에 그의 얼굴과 손은 갈색으로 그을렸고, 소금기를 머금은 싱싱한 바닷바람에 그의 감정은 한층 고조되었다. 보통 때 같으면 상쾌한 기분, 수면, 영양섭취, 자연 등이 그에게 주어지자마자 그것을 작품에 반영하려고 온 힘을 쏟는 것이 습관이었지만, 이제 그는 태양과 한가로움과 바닷바람이 공급해주는 매일의 활력을 아낌없이, 비효율적으로 도취와 감각 속으로 빠져들도록 내버려두는 것이었다.

그는 잠을 깊게 자지 못했다. 소중할 정도로 단조로운 낮들은 행복한 동요(動搖)로 가득 찬 짧은 밤들에 의해 분리되었다. 그는 약간 이른 시간에 자기 방으로 물러나곤 했다. 왜냐하면 타치오가 무대에서 사라지는 시간인 아홉 시 경이 되면 그에게는 하루가 다 끝난 것처럼 생각되었기 때문이었다. 하지만 첫새벽 먼동이 틀 때가 되면 아쉔바흐는 부드럽게 파고드는 두려움에 잠이 깼고, 그의 심장은 자기가 지금 빠져 있는 모험을 기억해 내는 것이었다. 그는 더 이상 이불 속에 누워 있을 기분이 아니어서 자리에서 일어나, 이른 아침의 한기를 피해 가볍게 몸을 감싸고서 열려진 창가에 앉아 해가 떠오르기를 기다렸다. 그 불가사의한 사건은 이미 잠으로 정화된 그의 영혼이 경건성으로 가득 차게 했다. 하늘과 땅, 바다는 아직도 유령처럼 유리처럼 반짝이는 창백한 여명 속에 잠겨 있었다. 허공에는 꺼져가는 별 하나가 아직도 남아 헤엄치듯 가물거리고 있었다. 이때 한 차례 바람이 불어왔다. 멀고먼 외지에서 오는 활기찬 손님인 이 바람이 불자 새벽의 여신 에오스[15]는 남편의 곁에서 몸을 일으킨다.

---

15 에오스 Eos: 그리스 신화에 나오는 새벽의 여신. 아침 해가 뜰 때에 장밋빛 손가락

그리고 까마득히 저 멀리 하늘과 바다가 맞닿은 곳에는 첫 새벽의 달콤한 홍조가 번진다. 이 홍조를 통해 삼라만상이 처음으로 감각을 얻게 되는 것이다. 여신이 다가오고 있었다. 클레이토스[16]와 케팔로스[17]를 납치하여 올림포스의 여러 신들의 질투를 무릅쓰고 그 아름다운 오리온[18]의 사랑을 받았던 여신, 소년 납치범이 다가오고 있는 것이었다. 저기 멀리 세상의 가장자리에서부터 장미꽃을 뿌리는 여신의 일이 시작되었다. 이루 말할 수 없이 경건한 빛과 꽃, 천진난만한 구름들이 변용되어 환한 빛을 뿜으며, 이제 막 일을 시작하려는 사랑의 동신(童神) 큐피드들을 장밋빛의 푸르스름한 연무 속에 떠다니게 했다. 자줏빛 광채는 바다 위로 떨어지고 바다는 물결치며 그 빛을 앞으로 띄워 보내는 것 같았다. 황금빛 창들이 아래쪽에서부터 높은 하늘까지 번쩍이며 솟아오르고, 그 광채는 소리 없이 불덩이가 되었다. 격정과 욕정 그리고 타오르는 불꽃들이 신적인 위력을 발하며 활활 타올랐다. 그리하여 형제가 탄 성스런 준마(駿馬)들이 발굽을 휘저으며 지상으로 그 모습을 나타내고 말았다. 신의 찬

으로 밤의 포장을 연다고 한다. 로마 신화의 오로라에 해당한다.

16 클레이토스Clitus: 그리스 신화에 등장하는 인물로 예언자 멜람푸스의 손자이다. 새벽의 여신 에오스(Eos)는 클레이토스의 잘생긴 모습에 반해 그를 납치하여 신의 세계로 데려갔다.

17 케팔로스Kephalos: 그리스 신화에 나오는 인물. 새벽의 여신 에오스에게 납치되어 여신과의 사이에 파에톤을 낳았다.

18 오리온Orion: 그리스 신화의 거인으로서 미남 사냥꾼. 바다의 신 포세이돈의 아들.

란한 빛을 받으며 고독한 파수꾼 아쉔바흐는 묵묵히 앉아 있었다. 그는 두 눈을 감고 신의 영광이 자신의 눈꺼풀에 키스하도록 했다. 엄격하게 삶의 직무를 수행하는 중에 죽어버렸다가 이제 와서 이렇게 기묘하게 변화되어 되돌아온 한때의 감정들, 그리고 예전의 소중한 가슴앓이들—그는 혼란스러우면서도 의아해하는 미소를 지으며 이러한 감정들을 인식했다. 그는 생각에 잠겼고, 꿈을 꾸었고, 그리고 입술은 천천히 하나의 이름을 만들어내었다. 그는 여전히 미소를 띠운 채 얼굴을 위쪽으로 향하고 두 손을 무릎 위에 포개놓고서 안락의자에 앉아 또 한 번 단잠에 빠졌다.

하지만 이처럼 열정적이고 찬란하게 시작된 하루는 전체적으로 이상하게 고양되고 신화적으로 변화되었다. 갑자기 그토록 부드럽고도 의미심장하게, 마치 천상의 속삭임처럼 관자놀이와 귀 주위를 맴돌며 스쳐 지나가는 이 미풍은 어디에서 불어오며, 어디서 생겨난 것일까? 작고 하얀 솜털구름은 신들의 초원에서 풀을 뜯고 있는 양 떼들처럼 하늘 여기저기에서 무리를 이루며 퍼져 있었다. 약간 거센 바람이 불어왔다. 그러자 바다의 신 포세이돈[19]의 말들이 뒷발을 세우고 일어나 질주하기 시작했다. 아마도 푸르스름한 고수머리의 신 포세이돈이 데리고 있는 황소들도 울부짖으며 뿔을 숙인 채 내달렸을지 모른다. 멀리 떨어진 해변의 암벽 사이에서는 파도가 껑

---

19 포세이돈은 말과 황소를 신성시한다.

충껑충 뛰어오르는 염소들처럼 출렁거리고 있었다. 성스럽게 변형되고 왜곡된 세계는 공포와 두려움의 삶[20]으로 가득 차 넋 나간 남자 아쉔바흐를 둘러싸고 있었다. 그의 가슴은 감미로운 동화의 세계를 꿈꾸고 있었다. 베네치아 뒤편으로 해가 저물어 갈 때면 그는 타치오를 보기 위해 자주 공원 벤치에 앉아 있었다. 타치오는 하얀색 옷에 알록달록한 허리띠를 두른 채, 평평하게 고른 자갈밭에서 공을 가지고 재미나게 놀고 있었다. 그럴 때 아쉔바흐는 히아킨토스[21]를 바라보고 있는 것과 같은 착각을 일으켰다. 두 명의 신이 그를 사랑했기 때문에 그는 죽지 않으면 안 될 운명이었다. 정말 그렇다. 아쉔바흐는 제피로스가 연적(戀敵)에게 느낀 고통스런 질투심을 따라 느낄 수가 있었다. 언제까지나 아름다운 소년과 놀기 위해 신탁이며 활이며 현악기도 잊어버린 그 제피로스 말이다. 아쉔바흐는, 끔찍한 질투심에 사로잡힌 나머지 내던져진, 그 원반이 사랑스런 소년의 머리를 맞히는 것을 보는 것 같았다. 그러면서 마찬가지로 얼굴이 창백해진 아쉔바흐는 무릎이 꺾여 축 늘어진 소년의 몸을 부여잡았다. 그러자 그 달콤한 선혈에서 한 송이 꽃이 피어났고, 그 꽃은 소

---

20 여기서는 그리스 신화의 판(Pan), 즉 목신(牧神)을 의미한다. 숲, 사냥, 목축을 맡아 보는 신으로 공포와 두려움의 신이다. 반은 사람, 반은 동물의 도양을 하고 있다. 로마 신화의 파우누스(Faunus)에 해당한다.

21 히아킨토스 Hyakinthos: 그리스 신화에 나오는 미소년. 아폴론의 총애를 받았으나 이를 질투한 서풍(西風)의 신(神) 제피로스Zephyros가 던진 원반에 맞아 죽임을 당하였는데, 그때에 흘린 피에서 히아신스라는 꽃이 피었다고 한다.

년의 한없는 비탄을 전하는 비문(碑文)이 되어 주었다……

눈으로만 서로를 알고 있는 사람들끼리의 관계보다 더 미묘하고 복잡한 것은 없다.─매일같이, 아니 매 시간마다 서로 우연히 만나기도 하고 쳐다보기도 하면서도 인습이나 자신의 변덕스런 기분 때문에 인사도 없고 말도 하지 않고서 무관심하게 서로 낯선 사람인 척 행동하는 사람들의 관계 말이다. 그들 사이에는 불안감과 극도로 자극된 호기심이 있고, 인식과 교제에 대한 욕구가 불만족스럽고 부자연스럽게 억압되어 생겨나는 히스테리, 말하자면 일종의 긴장된 상호 존중의 감정이 있다. 왜냐하면 인간이란 상대방을 판단할 수 없는 한에서 상대방을 사랑하고 존중하는 것이며, 동경이란 불충분한 인식으로 인해 생겨나는 것이기 때문이다.

아쉔바흐와 어린 타치오 사이에는 필연적으로 모종의 관계, 모종의 교제가 생기지 않을 수 없었다. 그리고 어른 아쉔바흐는 자신이 관심을 기울이고 주목하는 것에 대해 상대의 반응이 전혀 없는 것이 아님을 확인하고 가슴이 찡해 오는 기쁨을 느낄 수 있었다. 예를 들면 그 아름다운 소년이 대체 무엇 때문에 아침에 바닷가에 나타날 때 이제 더 이상 오두막의 뒤편에 있는 판자다리를 이용하지 않고, 앞쪽 길을 통해 모래사장을 가로질러 아쉔바흐가 있는 곳 옆으로 지나가는 것일까? 그리고 때로는 불필요하게 그의 옆에 바짝 붙어서 그의 탁자와 책상을 거의 스치듯 지나가며 자기네들의 오두막으로 느릿느릿 걸어가곤 했는데, 대체 무엇 때문일까? 우월한 감정을 지닌 아쉔바흐가 풍기는 매력과 매혹이 부드럽고도 무심한 상대방 타치오에게 이런 식으로 영향을 미친 것일까? 아쉔바흐는 날마다 타치오가 나타나기를 기다렸다. 그러다가 막상 타치오가 나타나면 자기 일이 바쁜 척 시늉을 하면서 그 아름다운 소년이 지나가는 데 일부러 무관심한 태도를 취했다. 하지만 어떤 때는 그를 쳐다보다가 두 사람의 시선이 마주치기도 하였다. 그런 일이 일어나면 둘 다 무척 진지한 표정을 지었다. 나이 먹은 작가 아쉔바흐의 교양 있고 기품 있는 표정 속에서는 내면의 동요가 전혀 드러나지 않았다. 하지만 타치오의 눈 속에서는 탐구하는 듯한 기색과 깊이 생각하는 듯한 의구심이 엿보였고, 발걸음은 머뭇머뭇 늦추어졌다. 그러면서 소년은 시선을 땅에 떨어뜨리고, 다시 눈을 들면서 사랑스럽게 쳐다보는 것이었다. 소년이 지나갈 때의 태도에서는 단지 교육을 잘 받았기 때문에 고개를 돌리지 못하는 것 같은 인상을 받았다.

그런데 어느 날 저녁 평상시와 다른 일이 일어났다. 폴란드인 남매들이 가정교사까지 포함해서 만찬 때에 대형 식당에 나타나지 않았던 것이다. — 아쉔바흐는 이 사실을 확인하고 걱정스런 생각이 들었다. 그는 식탁을 둘러보았고, 야회복에 밀짚모자를 쓴 채 그들이 어디에 있을까 하고 몹시 불안한 심정으로 그들이 있을 만한 곳을 찾아보았다. 호텔 앞쪽과 테라스 발치를 이리저리 돌아다니기도 하였다. 그러다가 그는 갑자기 수녀를 닮은 자매들이 가정교사와 함께 등장하는 것을 보았는데, 게다가 이들로부터 네 발짝 정도 뒤처져서 타치오가 아크 가로등(燈)의 불빛을 받으며 등장하는 것을 발견하게 되었다. 틀림없이 그들은 무슨 이유로 시내에서 식사를 하고, 증기선 판자다리로부터 돌아오는 것 같았다. 바다 위에서는 아마 더 서늘했던 모양이었다. 타치오는 금빛 단추가 달린 검푸른 해군 잠바를 입고, 머리에는 그 옷과 어울리는 모자를 쓰고 있었다. 소년의 피부는 햇빛과 바닷바람에 그을리지도 않았는지 처음 보았을 때와 마찬가지로 대리석 같이 누르스름한 빛을 띠고 있었다. 하지만 오늘은 날씨가 서늘했던 탓인지, 아니면 가로등이 달빛처럼 흐릿해서 그런지 소년은 오늘따라 더 창백해 보였다. 균형이 잘 잡힌 눈썹은 더욱 선명하게 두드러져 보였고, 두 눈은 진하게 어두워 보였다. 정말이지 소년은 이루 형용할 수 없으리만치 아름다웠다. 아셴바흐는 이미 여러 번 그랬듯이, 언어란 감각적인 아름다움을 찬양할 수는 있지만 재현할 수는 없다는 사실을 뼈저리게 느꼈다.

아셴바흐는 소년의 귀한 출현을 미처 예기하고 있지 않았다. 소년은 뜻하지 않게 나타나서, 아셴바흐가 차분하게 얼굴 표정을 가다듬고 품위를 유지하게 할 시간적 여유를 주지 않았다. 아셴바흐의 시선이 그리운 소년의 시선과 마주쳤을 때, 기쁨과 놀라움 그리고 경탄이 그의 얼굴 표정 속에 공공연히 드러나 있었을 것이다.—그리고 그 순간 타치오가 미소를 짓는 일이 일어났다. 말을 걸듯 친근하게, 사랑스럽고도 거리낌 없이 자기를 향해 미소를 지어 보였는데, 이때야 비로소 입술을 살며시 벌려 미소를 지었던 것이다. 그것은 자기 모습이 강물에 비치는 것을 굽어보는 나르키소스의 미소요, 자신의 아름다운 미소가 반사된 영상을 향해 팔을 뻗는 저 오묘하고 매혹적이며 뭔가를 끌어당기는 그런 미소였다. ―그것은 약간 표정이 일그러진 미소였는데, 자기 그림자의 귀여운 입술에 키스를 하려고 해도 그럴 가망성이 없기 때문이었고, 또 요염하며 호기심에 차고, 약간은 고통스러워하며, 매혹되었으면서 매혹시키는 그런 미소였다.

그러한 미소를 받아들인 남자 아쉔바흐는 어떤 숙명적인 선물이라도 받은 것처럼 그것을 껴안고 황급히 그 자리를 떠나갔다. 그는 너무 심한 충격을 받아서 테라스와 앞뜰의 불빛으로부터 도망치지 않을 수 없었고, 급히 발걸음을 옮겨 뒤쪽 공원의 어둠을 찾아 들어갔다. 이상하게 화가 나면서도 동시에 애정 어린 경고의 소리가 그의 입에서 새어나왔다. "너는 그런 식으로 미소를 지어선 안 돼! 들어라, 어느 누구에게도 그와 같은 미소를 보여서는 안 되는 것이야!" 아쉔바흐는 벤치에 풀썩 주저앉아, 식물들이 뿜어내는 밤의 향기를 넋을 잃고 들이마셨다. 그리고 등을 기댄 채 두 팔을 내려뜨리고, 뭔가에 압도 된 채 엄습한 전율감에 여러 번 몸을 부르르 떨면서, 그리움이라는 변함없는 상투어를 속삭였다. ― 이 경우에 용납될 수 없고, 불합리하며, 극악무도하고, 우스꽝스럽지만, 그래도 성스러운, 이 경우에도 여전히 존경할 만한 상투어를!―"너를 사랑해!"

제5장

리도에 체류한 지 4주째 접어들어서 구스타프 폰 아쉔바흐는 바깥
세상에 대하여 몇 가지 좋지 않은 기류를 감지했다. 첫째로, 시즌이
한창인데도 호텔의 손님 수는 늘어나는 게 아니라 오히려 줄어가
는 것같이 보였다. 특히 독일어는 그의 주위에서 차츰 줄어들더니
아예 들리지도 않는 것 같았다. 그래서 마침내는 식사할 때나 해변
에서 단지 낯선 말소리만 그의 귀에 들려왔던 것이다. 그러던 어느
날, 그가 이제 뻔질나게 드나드는 이발소에서 무슨 이야기를 하는
도중에 한마디 말을 듣게 되었는데, 그 말에 그는 깜짝 놀랐다. 이곳
에 잠깐 머물다가 방금 떠나버린 어느 독일인 가족에 대해 이발사
가 언급하였는데, 수다를 떨며 비위를 맞춰가다 이렇게 덧붙여 말
했다. "선생님께서는 그대로 머물러 계시는군요. 선생님은 병이 겁나
지 않으신 모양입니다." 아쉔바흐는 그를 쳐다보고 "병이라고요?" 하
고 되물었다. 수다쟁이 이발사는 입을 다물었다. 그러더니 바쁜 듯

이 자기 일에 열중하며 그 질문을 못들은 체해 버리는 것이었다. 그런데 아셴바흐의 질문이 더 집요해지자 이발사는 자기는 아무것도 모른다고 얼버무리며, 당황한 나머지 말이 많아지면서 재빨리 화제를 돌리려고 하였다.

그 일이 일어났던 때는 정오경이었다. 이제 으후가 되자 아셴바흐는 바람이 잔잔하고 태양이 작열하는 가운데 네네치아로 가는 배를 탔다. 폴란드인 남매들을 따라가고자 하는 병적인 욕망이 그를 부추겼기 때문이었다. 그는 조금 전에 그 남매들이 가정교사와 함께 증기선 잔교로 가는 길에 접어들고 있는 것을 보았다. 아셴바흐는 산 마르코 광장에서 자신의 우상 타치오를 발견하지 못했다. 하지만 광장의 그늘진 곳에 있는 둥근 철제 탁자 앞에 앉아 차를 마시고 있노라니 불현듯 공기 중에서 이상야릇한 향기를 맡았다. 지금 와서 생각해 보니 그 향기는 며칠 전부터 뚜렷이 의식되지는 않았지만 그의 감각을 건드려온 듯했다. ─그것은 비참, 상처, 수상쩍은 청결함 등을 연상시키는 불쾌한 약품 냄새 같은 것이었다. 그는 그 냄새를 맡으며 곰곰 생각하면서 냄새의 정체를 파악하고는 가볍게 점심 식사를 끝냈다. 그리고 산 마르코 광장을 떠나 사원 맞은편쪽으로 갔다. 좁은 골목으로 들어서자 냄새는 더욱 강했다. 골목 모퉁이에는 인쇄된 벽보들이 붙어 있었다. 그 벽보에는 요즘 같은 날씨에 생기기 쉬운 위장계통의 어떤 질병이 우려되기 때문에, 주민들은 굴과 조개를 먹지 말고, 운하의 물도 마시지 달라는 시 당국의 경고가 적혀 있었다. 그 공고문의 내용이 미화되었다는 것은 누구나 뻔히 알 수 있었다. 사람들은 무리를 지어 아무 말 없이 다리와 광장에 모여 있었으며, 이방인 아쉔바흐는 뭔가를 알아채고 골똘히 생각에 잠긴 채 그들 사이에 끼어 있었다.

아치형 상점 문 안에서 산호 목걸이와 모조 자수정 노리개 사이에 기댄 채 서 있는 상점 주인에게 아쉔바흐는 그 불길한 냄새에 대한 설명을 부탁했다. 상점 주인은 침울한 눈으로 그를 물끄러미 바라보더니 재빨리 쾌활해져서, 몸짓을 섞어가며 이렇게 대답했다. "일종의 예방 조치랍니다, 선생님! 경찰이 마땅히 취해야 할 조처이지요. 이런 날씨는 사람을 답답하게 짓누르는데다가, 시로코 열풍은 건강에 해롭지요. 간단히 말하자면, 이해하셔야 할 일입니다. ─ 어쩌면 지나치게 조심하는 것일 수도 있겠지만……" 아쉔바흐는 그에게 고맙는 말을 남기고 계속 걸어갔다. 자신을 리도로 다시 실어다 주는 배에서도 아쉔바흐는 이제 방역 소독약의 냄새를 맡게 되었다.

호텔에 되돌아오자마자 그는 즉시 홀에 있는 신문 열람 탁자로 가서 신문들을 쭉 훑어보았다. 독일어로 씌어있지 않은 신문들에서는 아무것도 발견하지 못했다. 독일어 신문에선 루머를 보도하고, 불확실한 숫자를 제시하고 있었으며, 당국에서 부인하는 내용을 그대로 보도하여 그들의 진실성이 의심스러웠다. 독일과 오스트리아 대표단들이 철수한 것을 그런 식으로 설명하였다. 다른 나라 사람들은 분명 아무것도 모르고 있었고, 아무런 낌새도 채지 못하고 아직 불안해하지도 않는 모양이었다. '비밀로 만들려고 하는군!' 아쉔 바흐는 흥분해서 이렇게 생각하며, 신문들을 탁자 위에 도로 확 집 어던졌다. '그것을 비밀로 부치려 하다니!' 하지만 이와 동시에 지금 외부 세계가 빠지려 하는 모험적 상황에 그의 마음은 만족감으로 가득 찼다. 왜냐하면 일상의 확고한 질서와 안녕은 범죄에 적합하지 않듯이 정열에도 적합하지 않기 때문이다. 그리고 시민적 사회 조직의 모든 이완(弛緩)이라든지 세상의 온갖 혼란과 재난은 정열 에게는 환영할 일임에 틀림없는 일이다. 그럼으로써 정열은 자기에 게 이익이 돌아올 것을 막연하나마 희망할 수 있기 때문이다. 그래서 아쉔바흐는 베네치아의 더러운 골목에서 당국이 사건을 얼버무리며 은폐하려는 것에 대해 모호한 만족감을 느꼈다. — 이 도시의 사악한 비밀, 그것은 자신의 가장 내밀한 비밀과 섞여 용해되었고, 그것을 지키는 것은 그에게도 역시 매우 중요한 문제였다. 왜냐하면 사랑에 빠진 아쉔바흐에게는 타치오가 떠나버릴 수도 있다는 사실 이외에는 아무 걱정이 없었기 때문이었다. 그리고 만일 그런 일이 일어난다면 자신이 더 이상 살아갈 수 없을 것이라는 사실을 깨닫고 적지 아니 놀랐다.

그는 요즈음 아름다운 소년 가까이 있으면서 소년을 지켜보는 일을 일상의 질서나 행운 덕분이라며 만족할 수는 없었다. 그래서 그는 소년을 뒤쫓아 다녔고, 소년이 있는 곳을 추적하기도 했다. 예 를 들면 일요일엔 폴란드인들이 해변에 나타난 적이 한 번도 없었다. 그는 그들이 미사에 참석하러 산 마르코 광장으로 갔을 거라고 짐작하고 서둘러 거기로 갔다. 그리고 햇빛이 이글거리는 광장에서 어스름한 황금빛 성전에 발을 들여놓자, 그는 기도용 탁자에서 몸을 굽힌 채 기도하고 있는 그리운 그 소년을 발견했다. 그래서 아쉔바흐는 맨 뒤쪽, 금이 간 모자이크 바닥 위로 가서 섰다. 무릎을 꿇은 채 중얼거리며 성호를 긋고 있는 사람들 사이에 끼어든 것이다. 그러자 동양적인 사원의 절제된 화려함이 그의 감각을 무겁도록 짓눌렀다. 앞쪽에서는 무겁게 장식한 사제가 이리저리 걸어 다니며, 무언가 일을 하며 노래를 부르기도 하였다. 향이 피어올라 제단 위 촛불의 힘없는 불꽃을 뿌옇게 감쌌다. 그리고 텁텁하고 달콤한 제물의 향기 속에는 어떤 냄새가, 즉 병든 도시의 냄새가 약간 섞여 있는 것 같았다. 하지만 아쉔바흐는 뿌연 연기와 반짝이는 불꽃 사이로 아름다운 소년이 저 앞쪽에서 고개를 돌리고 자기를 찾거나 쳐다보고 있는 것을 보았던 것이다.

이윽고 예배를 마친 사람들이 열려진 정문을 통과해 비둘기들로 우글거리는 환한 광장으로 우르르 쏟아져 나왔다. 그러자 매혹된 남자 아쉔바흐는 현관의 홀에 몸을 숨기고, 소년이 나오는 것을 몰래 엿보고 있었다. 아쉔바흐는 폴란드인들이 교회를 떠나는 것을 지켜보았고, 남매들이 격식을 차려 어머니와 작별 인사를 하는 광경과 어머니가 몸을 돌리고 작은 광장 쪽으로 돌아가는 것도 지켜보았다. 아쉔바흐는 그 아름다운 소년과 수녀 같은 누이들과 가정교사가 오른쪽으로 꺾어 시계탑 아래의 성문을 빠져나가 잡화점 거리 쪽으로 접어드는 것을 확인하였다. 그는 그들이 어느 정도 앞으로 먼저 가도록 한 다음, 그들 뒤를 따라갔다. 보이지 않게 숨어서 베네치아 거리를 산책하는 그들의 뒤를 밟은 것이었다. 그들이 잠시 머뭇거리고 있으면 그도 멈춰 서지 않을 수 없었고, 그들이 발길을 돌려 되돌아올 때는 음식점이나 마당이 있는 건물 안으로 급히 몸을 숨겨야 했다. 그러다 그는 그들을 놓치는 바람에, 상기된 얼굴에 지칠 대로 지쳐 다리 위나 지저분한 뒷골목으로 그들을 찾아다녔다. 그리고 그들과 갑자기 어디 피할 데도 없는 좁은 통로에서 맞닥뜨리게 되면 그는 몇 분 동안의 죽을 것 같은 고통의 순간을 참지 않으면 안 되었다. 그렇다고 해서 그가 정말로 고통에 시달렸다고는 말할 수 없다. 그의 머리와 가슴은 도취되어 있었고, 그의 발걸음은 악령의 지시를 따르고 있었다. 인간의 이성과 위엄을 자기 발밑에서 짓밟아 버리는 것을 최대의 즐거움으로 여기는 악령 말이다.

타치오와 그 일행은 그러고 나서 어디선가 곤돌라를 잡아탔다. 그들이 배에 타 있는 동안 아쉔바흐는 튀어나온 건물이나 분수대 뒤에 몸을 숨기고 있다가, 그들이 해안을 떠나자마자 그 역시 똑같은 행동을 했다. 그는 목소리를 낮추어 다급하게 말하면서 사공에게 팁을 듬뿍 주겠다고 약속했다. 그러면서 방금 저쪽 모퉁이를 돌아간 곤돌라를 뒤쫓아 일정한 거리를 두고 눈에 띄지 않게 따라가 달라고 부탁했다. 그랬더니 사공은 중매장이처럼 걱정 말라는 교활한 각오를 보이며 그와 똑같은 목소리로 그러겠다고 다짐하자, 아쉔바흐는 섬뜩함을 느꼈다. 사공은 맡은 일을 양심적으로 성심 성의껏 수행하겠다고 말하는 것이었다.

그리하여 아쉔바흐는 부드럽고 까만색 쿠션에 몸을 기댄 채, 뱃머리가 부리처럼 튀어나온 까만색의 다른 조각배를 뒤쫓아서 흔들거리며 물 위를 미끄러져 갔다. 그 배가 남겨 놓은 흔적에 그의 열정이 묶여있었던 것이다. 가끔 가다 그 조각배가 그의 시야에서 사라지기도 했다. 그럴 때면 그는 걱정이 되어 마음이 불안해졌다. 하지만 그를 태운 뱃사공은 그런 일에 퍽이나 익숙한 듯 교묘하게 조종을 하거나, 재빠르게 가로지르며 지름길을 이용하거나 하여 항상 그리운 소년 타치오를 다시 그의 눈앞에 보여 주었다. 불어오는 미풍은 무슨 향기를 품고 있었고, 태양은 하늘을 회청색으로 물들이고 있는 자욱한 안개 사이로 무겁게 내리비치고 있었다. 물결은 나무와 돌에 부딪쳐 철썩거리는 소리를 내었다. 곤돌라 사공의 외침소리는 경고 같기도 하고 인사 같기도 했는데, 그 외침에 특별한 협정을 체결하기라도 한 듯 미로 모양인 운하의 고요함을 뚫고 멀리서 대답이 돌아왔다. 높은 곳에 위치한 조그만 정원에는 줄 지어 선 꽃송이들이 흰색과 자주색으로 만발하여 아몬드 향기를 내뿜으며 허물어져 가는 담벼락 너머로 매달려 있었다. 아라비아식 창틀이 흐릿한 가운데 두드러지게 보였고, 교회의 대리석 계단은 운하의 물속까지 내려와 있었다. 그곳에는 거지 한 명이 쪼그리고 앉아 자기의 딱한 사정을 호소하면서 모자를 내민 채 장님처럼 눈의 흰자위를 치켜뜨고 있었다. 어느 골동품 상인은 자신의 누추한 가게 앞에서 어떻게든 아셴바흐를 속여 보려는 희망을 품고서, 지나가는 그에게 굽실거리며 가게 안에 들렀다가 가라고 호객 행위를 하고 있었다. 이런 곳이 베네치아였다. 아양을 잘 떨고 수상쩍은 미녀와도 같은 도시— 동화 같은 도시이기도 하고, 나그네를 유혹하는 덫과 같은 도시, 이 도시의 썩은 공기 속에서 일찍이 예술은 사치스러울 정도로 번성했으며, 또한 이 도시는 감미롭게 자장가를 불러 포근히 잠들게 하는 듯한 멜로디를 음악가들에게 제공해 주었다. 모험가 아셴바흐에게도 자신의 눈이 그와 같은 사치를 빨아들이는 것 같고, 자신의 귀가 그와 같은 멜로디에 구애를 받고 있는 듯한 기분이 들었다. 또한 그는 이 도시가 병들어 있다는 것, 그리고 이윤을 추구하느라 그런 사실이 비밀로 붙여지고 있다는 것을 기억에 떠올렸다. 그러자 그는 더욱 자제심을 잃고 앞쪽에서 흔들거리며 미끄러져 가고 있는 곤돌라를 지켜보았다.

혼란에 빠진 아셴바흐는 자신의 감정에 불을 지핀 그 소년을 끊임없이 뒤쫓아 가는 것 외에는, 또 그 소년이 없으면 소년에 대해 꿈을 꾸는 것 외에는, 그리고 연인들이 으레 그러하듯 단순한 그의 환영(幻影)에도 애정이 가득 담긴 말들을 하는 것 외에는 아무것도 알지 못하고 알려고 원하지도 않았다. 고독, 낯설음, 그리고 노년의 깊은 도취에서 오는 행복감은 그를 격려하고 설득시켜, 그로 하여

금 두려워하거나 얼굴을 붉히지 않고도 낯설기 짝이 없는 그런 행동을 하도록 해주었다. 도대체 어떻게 그런 일이 일어난 것인지, 아무튼 다음과 같은 일도 일어났다. 그가 밤늦게 베네치아에서 돌아오는 길에 2층에 있는 아름다운 소년의 방문 앞에서 발걸음을 멈춘 것이다. 그는 완전히 도취된 상태에서 이마를 문손잡이에 갖다 대고는 한참 동안 그곳을 떠날 줄 몰랐다. 그런 정신 나간 상태에서 누군가에게 발각되면 큰 창피를 당하게 될 것이라는 위험까지 무릅쓰고 말이다.

그럼에도 그러한 일을 잠시 멈추고 반쯤 정신이 드는 순간도 없는 것은 아니었다. '내가 지금 무슨 일을 하고 있는 거야!' 하고 그는 몹시 당황하며 생각했다. '정말 내가 지금 무슨 일을 하고 있는 거야!' 자연스럽게 쌓은 업적 덕분에 자신의 혈통에 대해 귀족적인 관심을 갖게 된 사람은 누구나 그런 법이지만, 그는 살아가면서 업적을 쌓고 성공을 거둘 때마다 자신의 조상에 대해 생각하고 그들이 보내는 박수갈채와 만족감 그리고 부득이한 존중을 정신적으로 재확인하는 버릇이 있었다. 그는 지금 여기서도 조상들을 생각했다. 이처럼 용서될 수 없는 어떤 체험 속에 얽혀 들어 이렇게 기묘한 방탕의 감정에 빠져 있으면서도, 그는 그들의 절도 있는 엄격성과 그들 존재의 점잖은 남성다움을 추모했다. 그리고 우울한 미소를 지었다. 그들은 뭐라고 말할까? 조상들의 삶에서 빗나가 타락했다고 할 정도로 전혀 다른 성질의 삶을 영위해 온 그의 삶에 대해서, 그리고 예술의 마력에 빠져버린 이러한 삶에 대해 그들은 뭐라고 말할까? 그런 삶에 대해서 일찍이 그 자신은 조상들의 시민 정신에 입각해서, 너무도 조소하는 언사로 청년으로서의 인식을 밝힌 적이 있었다. 조상들의 삶과 근본적으로 다를 바 없는 자신의 삶이었다. 그 역시 병역 의무를 마쳤으며, 그도 그들 중의 몇몇과 마찬가지로 군인이었고 병사였다. ― 왜냐하면 예술이란 일종의 전쟁이며, 오늘날 더 이상 쓸모가 없어져 버린 소모적인 전투였기 때문이었다. 자기를 극복하고 굴복하지 않는 삶, 혹독하고 단호하며 절제하는 삶, 그는 이러한 삶을 시대에 걸맞게 부드러운 영웅 정신의 상징으로 형상화했다. ― 아마도 그는 그런 삶을 남자답다거나 용감하다고 말할 수 있었을 것이다. 그리고 그를 사로잡은 사랑의 신 에로스가 어떤 식으로든 그런 삶에 특히 적합하고 애착을 가지고 있는 것처럼 여겨졌다. 그렇지만 에로스야말로 가장 용감한 민족들에게서 특별히 존경을 받지 않았던가? 그렇다, 에로스는 용감함 때문에 그들의 도시들에서 꽃핀 것이라 하지 않았던가? 옛날의 수많은 용사들은 에로스의 멍에를 기꺼이 짊어졌다. 왜냐하면 에로스가 내리는 명령을 전혀 굴욕으로 여기지 않았기 때문이었다. 그리고 다른 목적으로 그랬더라면 비겁함의 증거로서 비난을 받았을지 모르는 행동들, 즉 굴복이나 맹세, 애원, 그리고 노예적 행동거지 등이 사랑하는 자에게는 치욕스런 일이 되는 것이 아니라, 오히려 그렇게 함으로써 찬사를 받았던 것이다.

현혹된 자 아쉔바흐의 사고방식은 그러했으며, 그와 같이 자기 자신을 버티고 자기의 품위를 유지하려 했다. 하지만 그와 동시에 그는 베네치아의 내부에서 일어나는 불미스런 사건에 대하여 계속 추적하며, 끈기 있게 주의를 기울였다. 불미스런 사건, 즉 그 외부 세계의 모험은 그의 마음속 모험과 은연중에 합류되어 그의 정열을 막연하고 무질서한 희망으로 부풀게 했다. 전염병의 상태와 진척 상황에 대하여 새롭고 확실한 소식을 얻으려는 데에 온 정신이 팔린 그는 시내의 커피숍에 들어가 국내 신문들을 샅샅이 찾아보았다. 며칠 전부터 그 신문들이 호텔 로비의 열람석에서 사라져버렸기 때문이었다. 신문에서는 주장과 반박이 엇갈리고 있었다. 전염된 환자와 사망자의 수가 20명, 40명, 아니 어쩌면 100명 그 이상에 달할지 모른다고 했다. 거기에다가, 딱 잘라 부정할 수는 없지만 전염병의 발생은 아주 드문 일이며 외부에서 전염되어 들어온 탓이라고 했다. 그리고 이탈리아 당국의 위험스런 처사에 대해 경고 차원의 우려와 항의가 여기저기 섞여 있었다. 하지만 확실한 내용은 도무지 알 수 없었다.

그럼에도 그 고독한 남자 아쉔바흐는 그 비밀에 들어갈 수 있는 특별한 권리가 자신에게 있는 것으로 생각하고 있었다. 그리고 진실을 알아낼 수 없었음에도 불구하고, 그는 비밀을 알고 있는 사람들에게 대답하기 곤란한 질문으로 공격하고, 입을 다물기로 묵계를 맺은 그들로 하여금 억지로 뻔한 거짓말을 하도록 강요하는 것에 이상야릇한 만족감을 느꼈다. 그러던 어느 날 대형 식당에서 아침 식사를 하는 중에 그는 지배인에게 그런 식으로 해명을 요구했다. 프랑스식 연미복을 입고서 조용조용 걸어 다니는 키 작은 그 남자는 식사를 하고 있는 손님들 사이를 돌아다니며 인사를 하거나 급사들에게 이런저런 감독을 하고 있었다. 예외 없이 아쉔바흐의 식탁 곁에서도 몇 마디 잡담을 나누기 위해 멈춰 서게 되었다. "도대체 왜?" 하고 손님인 아쉔바흐는 아무렇지도 않은 듯 지나가는 말투로 물었다. "도대체 왜 얼마 전부터 베네치아를 소독하는 거지요?"—"그건 말입니다" 하고 조용조용 걸어 다니는 그 남자가 대답했다. "경찰의 조처입니다. 확실히 그렇지요. 찌는 듯이 무덥고 이례적으로 기온이 높은 날씨 때문에 혹시라도 발생할 수도 있는 공중 보건상의 모든 폐해나 고장들을 직무상 미연에 방지하기 위해서 하는 겁니다."—"칭찬을 받을 만한 경찰이군요" 하고 아쉔바흐는 대답했다. 그리고 몇몇 기상에 관한 얘기를 교환한 뒤에 지배인은 그 자리를 떠났다.

그날 저녁, 식사를 마친 후 시내에서 온 거리의 가수들로 이루어진 작은 악단이 호텔의 앞뜰에서 공연을 했다. 남자 둘과 여자 둘로 구성된 그들은 아크 가로등의 철제 기둥 옆에 서서 불빛을 받아 하얗게 비치는 얼굴을 위로 쳐들고 넓은 테라스 쪽을 바라보고 있었다. 그곳에는 손님들이 커피나 시원한 음료수를 마시며 그 통속적인 공연을 지켜보고 있었다. 호텔 직원, 승강기 코이, 급사, 그리고 사무실 직원 등은 홀 쪽으로 통하는 현관문에 모여 귀를 기울여 듣고 있었다. 러시아인 가족은 열성적인 태도를 보이며 들뜬 기분으로 공연을 즐겼으며, 공연자들과 좀 더 가까운 곳에 있으려고 등나무 의자들을 뜰로 옮겼다. 그런 다음 감사하는 마음으로 그곳에 반원 모양으로 모여 앉아 있었다. 주인 식구들 뒤에는 터번 모양의 두건을 쓴 늙은 여자 노예가 서 있었다.

만돌린, 기타, 하모니카, 그리고 밝고 아름답게 지저귀는 듯한 바이올린 등이 구걸하는 길거리 악사들의 손에서 연주되었다. 악기 연주 사이에는 노랫소리가 번갈아 들어갔다. 여자들 중에 날카롭고 꽥꽥거리는 소리를 내는 나이 어린 여가수가 감미로운 가성으로 노래하는 테너 가수와 함께 갈구하는 듯한 사랑의 이중창을 불렀다. 그러나 그 패거리의 천부적인 재주꾼이자 우두머리로서 분명한 솜씨를 보여준 사람은 기타를 들고 있는 다른 남자 가수였다. 그는 성격상 광대역을 하는 바리톤 가수 같았으나 거의 목소리를 내지 않았다. 그렇지만 흉내를 내는 데 재주가 있었고 사람을 웃기는 에너지가 넘쳐흘렀다. 몇 번이나 그는 자기의 커다란 악기를 팔에 들고 악단의 동료들 틈에서 빠져나와 익살스런 몸짓을 해보이며 무대의 앞자리로 나왔다. 그러면 사람들은 그의 익살맞은 행동에 대한 보답으로 와자지껄하게 웃음을 터뜨려주었다. 특히 맨 앞쪽에 앉아 있는 러시아인 가족들은 남국 사람의 그러한 활달한 몸놀림에 매료된 모습을 보였다. 그들은 박수갈채와 환호를 보내줌으로써, 악단의 우두머리가 한층 더 대담하고 한층 더 자신 있게 연기를 하도록 고무시켰다.

아쉔바흐는 난간 곁에 자리를 잡고 앉아서, 이따금씩 석류 열매주스와 소다수가 혼합된 음료수로 입술을 적셨다. 그 음료수는 그의 앞 유리잔에 담겨 홍옥빛으로 반짝이고 있었다. 그의 신경은 단조로운 소리들과 천박하고 애달픈 멜로디를 탐하듯 받아들이고 있었다. 왜냐하면 정열은 까다로운 감각을 마비시키고, 냉철한 정신이라면 유머로 받아들이거나 또는 내키지 않아서 거부하는 그런 자극을 아주 진지하게 대하기 때문이다. 아쉔바흐의 얼굴 표정은 그 익살꾼이 폴짝폴짝 뛰기 때문에 굳어져 버렸고, 벌써 고통스런 미소로 일그러져 있었다. 그는 홀가분한 심정으로 그곳에 앉아 있었지만, 그의 내면은 극도의 주의력으로 무언가에 긴장을 늦추지 않고 있었다. 타치오가 그와 여섯 걸음 정도 떨어진 곳에서 돌난간에 몸을 기댄 채 서 있었기 때문이었다.

타치오는 만찬 때에 가끔 입고 나오는 하얀 혁대가 달린 정장 차림으로 그곳에 서 있었는데, 그의 타고난 우아함은 어쩔 수가 없었다. 왼쪽 아래팔을 난간에 올려놓고 두 다리는 곧은 채, 지탱하고 있는 엉덩이 위에다 오른손을 받치고 있었다. 그 아이는 미소라고는 할 수 없는, 단지 아련한 호기심에 불과한 공손한 응대의 표정으로 떠돌이 가수들을 내려다보고 있었다. 이따금씩 목을 꼿꼿하게 하고 가슴을 쫙 펴서는 두 팔을 아름답게 움직여 가죽 혁대를 두른 하얀 윗도리를 아래쪽으로 끌어당겼다. 그런데 때때로 늙어가는 남자 아셴바흐는 승리감과 이성의 흔들림과 동시에 놀라움을 느끼기도 했는데, 그 이유는 소년 타치오가 머뭇거리면서 조심스럽게, 혹은 마치 어떤 기습적인 행동을 하듯 빠르고 급작스럽게 고개를 왼쪽 어깨 너머로 돌려, 자기를 연모하는 사람 아셴바흐의 좌석 쪽을 돌아보는 것이기 때문이었다. 소년은 아셴바흐의 눈과 마주치지는 않았다. 소심한 염려로 인해 혼란스러워진 아셴바흐가 자기의 시선을 불안스럽게 억제하지 않을 수 없었기 때문이었다. 테라스의 뒤쪽에는 타치오를 보호하는 여자들이 앉아 있었다. 그래서 사랑에 빠진 남자 아셴바흐는 눈에 띄거나 의심을 받지나 않을까 하는 두려움을 느끼지 않을 수 없었다. 정말이지 그 여자들이 여러 차례 해변이나 호텔의 홀 안, 산 마르코 광장 등지에서 타치오를 자기들 곁으로 도로 불러들여, 아셴바흐 자신에게서 떼어놓으려는 것을 알아차렸다. 그럴 때면 그는 여러 번 몸이 딱딱하게 굳어지는 느낌을 받았다.—그로 말미암아 그는 어떤 끔찍한 모욕감을 느꼈다. 그런 상태에서 그의 자존심은 알 수 없는 고통으로 전환되어 그런 모욕감을 떨쳐버리려고 해도 그의 양심이 허락하지 않았다.

그러는 사이에 기타를 치던 남자는 자기 반주에 맞춰 이탈리아 전역에서 유행하고 있는 여러 소절로 된 유행가를 혼자 부르기 시작했다. 이 노래의 후렴 부분에서는 매번 그의 패거리가 끼어들어 합창을 하고 악기 전부를 연주했으며, 그 남자 가수는 이 노래를 분명하면서도 극적으로 부를 줄 알았다. 체격이 가냘프고 얼굴도 수척하여 기운 없이 자신의 패거리들과 떨어져 있는 그 남자 가수는 초라한 펠트 모자를 목덜미까지 눌러 쓰고 서 있었다. 그래서 모자테 아래쪽으로 한 다발의 붉은 머리카락이 삐져나와 있었다. 자갈밭 위에서 뻔뻔스러울 정도로 호탕한 태도를 보이는 그는 기타 줄의 요란한 소리에 맞춰 감동적인 서창(敍唱)으로 위쪽 테라스를 향해 자신의 익살을 떨었다. 그와 동시에 힘들여 연주하느라 그의 이마에는 혈관이 불거져 나왔다. 그는 베네치아의 혈통이 아닌 것 같았다. 오히려 나폴리의 익살꾼 종족처럼 보였는데, 어찌 보면 사창가의 뚜쟁이 같고 또 어찌 보면 희극배우 같기도 했다. 그는 난폭하고 대담하며, 위험하고도 재미있는 사람 같았다. 그의 노래는, 가사 내용을 따르면 재미없는 것이라도, 그의 표정 연기와 몸짓을 통해, 또 암시하듯 눈을 깜빡거리고 혀를 외설적으로 입가에서 움직임으로써, 어딘지 모르게 수상쩍고 어렴풋이 외설적인 느낌을 그의 입에서 흘러나오도록 유도하였다. 덧붙여 말하자면 도회지풍이라고 입은 운동복 셔츠의 부드러운 칼라 위로 비쩍 마른 모가지가 불쑥 솟아 있었다. 목에는 눈에 띄게 커다랗고 벌거벗은 느낌을 주는 목젖이 있었다. 납작한 코를 가진 창백한 그의 얼굴은 수염이 없어서 나이를 가늠하기 어려웠으며, 또 찡그리는 나쁜 습관으로 인해 주름이 깊이 팬 듯했다. 특히나 입을 벌려 히죽 웃으면 그의 입과 그의 불그스름한 양미간 사이에 패인 두 개의 깊은 주름이 서로 잘 어울려 보였다. 그 주름은 고집스럽고 위압적이며 거의 야만스러운 모양이었다. 하지만 고독한 아쉔바흐의 깊은 주의력을 그 남자 가수에게 향하도록 한 것은, 그 의심스런 익살꾼이 자신만의 의심스런 분위기로 공연을 이끌어 가는 듯한 사실을 눈치 챈 데 있었다. 다시 말해, 후렴 부분이 다시 시작될 때마다 그 남자 가수는 익살스런 표정을 짓고 손을 흔들어 인사하며 기괴한 동작으로 순회 행진을 하는 것이었다. 그러다가 그는 아쉔바흐의 자리 바로 아래쪽으로도 지나가게 되었다. 그럴 때마다 그의 옷과 몸에서 강한 석탄산 냄새를 풍기는 지독한 가스가 테라스 위쪽으로 올라오는 것이었다.

그러한 풍자적인 노래를 마치고 나서 그는 돈을 거두기 시작했다. 맨 먼저 러시아인 가족들한테서 시작하였는데, 그들이 기꺼이 돈을 내놓는 것을 구경꾼들이 보았기 때문이며, 그런 다음 계단 위로 올라갔다. 공연을 할 때는 너무도 뻔뻔스럽게 행동하던 그가 이 위에서는 너무나 겸손한 모습을 보였다. 그는 고양이처럼 허리를 굽실거리고, 테이블 사이를 살금살금 돌아다녔다. 또한 음흉한 굴복의 미소를 지으며 튼튼한 이빨을 드러내 보이는데도, 그의 붉은 눈썹 사이에 패인 두 개의 깊은 주름은 여전히 위협적으로 보였다. 구경꾼들은 그 이질적인 존재, 즉 자기의 생계비를 거둬들이는 사나이를 호기심과 더불어 약간의 혐오감을 가지고 유심히 쳐다보았다. 그리고 동전을 손가락 끝으로 그의 펠트 모자 속에 던져 넣었는데, 그 모자에 손이 닿지 않도록 조심했다. 익살꾼과 점잖은 구경꾼들 사이에 물리적인 거리가 없어지면 그만큼 더 즐거움이 생기기도 하겠지만 언제나 모종의 당혹스러움이 생기는 것은 어쩔 수 없었다. 익살꾼은 그것을 느꼈는지, 비굴하게 몸을 굽히면서 양해를 구하려 했다. 그러면서 그는 아쉔바흐에게 다가왔는데, 그와 함께 어떤 냄새도 풍겨왔다. 그 냄새는 주위의 다른 사람들은 어느 누구도 별로 신경 쓰지 않는 것 같았다.

"이보시오!" 하고 고독한 남자 아쉔바흐는 나지막한 목소리로 거의 기계적으로 말했다. "사람들이 베네치아를 온통 소독하고 있던데, 왜 그런 것이오?"— 익살꾼은 목쉰 소리로 대답했다. "경찰 때문이랍니다! 그건 명령이구요, 선생님. 이렇게 찌는 듯한 무더위에 시로코까지 불고 있으니까요. 시로코는 정말 찌는 듯한 열풍입니다. 건강에 좋지도 않고요……" 익살꾼은 그와 같은 질문을 들어서 무척 의아스럽다는 듯이 말하고는, 시로코가 얼마나 무더운 바람인지 손바닥을 펴면서 보여주었다. —"그럼 베네치아에는 나쁜 병이 돌고 있지 않다는 거군요?" 하고 아쉔바흐는 나지막하게 중얼거리듯 물었다. — 근육이 잘 발달된 익살꾼의 얼굴이 우스꽝스럽게 당황하며 일그러졌다. "나쁜 병이라고요? 무슨 나쁜 병 말인가요? 혹시 우리 경찰이 나쁜 병이란 말인가요? 농담을 좋아하시나 봅니다! 나쁜 병이라고요? 말도 안 됩니다! 그냥 예방 조치라고 생각하세요! 찌는 듯한 날씨의 영향을 막기 위한 갑작스런 지시사항 말입니다……" 익살꾼은 과장된 몸짓을 해보였다. —"알았소" 하고 아쉔바흐는 다시금 짧고도 나지막하게 말하며, 당치도 않게 많은 동전을 재빨리 모자 속에 던져 넣었다. 그리고 눈짓으로 익살꾼에게 물러가라고 신호를 보냈다. 익살꾼은 히죽거리며 몇 번이고 굽실거리면서 물러갔다. 하지만 익살꾼이 계단 있는 곳에 채 다다르기도 전에 두 명의 호텔 직원이 그에게 달려들어 얼굴을 그의 얼굴에 바짝 대고는 속삭이는 소리로 그를 추궁했다. 그는 어깨를 움찔하며 여러 가지 확언을 하고, 비밀을 누설하지 않았다고 맹세를 하였다. 구경꾼들은 그 모습을 지켜보고 있었다. 풀려난 그는 정원으로 되돌아가서, 아크 가로등 아래에 있는 자신의 패거리와 간단한 의논을 하더니 감사와 작별의 노래를 하기 위해 다시 한 번 무대로 걸어 나왔다.

그 노래는 고독한 남자 아셴바흐가 들어본 적이 없는 저속한 유행가로, 알아들을 수 없는 사투리에 후렴 부분은 웃음으로 채워져 있었다. 그 후렴 부분이 돌아오면 단원들은 규칙적으로 목이 터져라 큰소리를 내며 끼어들었다. 이때는 노랫말은 물론이고 악기 반주도 그쳤으며, 남아 있는 것이라곤 오로지 리듬감은 있지만 무척 자연스럽게 표현된 웃음밖에 없었다. 특히 남자 솔로 가수는 대단한 재간을 부려 그 웃음을 지극히 생동감 있게 표현할 줄 알았다. 그는 자신과 손님들 사이에 다시 생긴 예술적 거리감을 확보하게 되자 완전히 그의 대담성을 되찾고, 그의 인위적인 웃음을 뻔뻔스럽게도 테라스 쪽으로 올려다보며 던져졌는데, 그것은 비웃는 웃음이었다. 노래의 한 소절이 끝날 무렵에 이르자 그는 억제할 수 없는 욕구와 투쟁하고 있는 듯했다. 그는 흐느꼈고, 목소리는 떨렸으며, 손을 입에 갖다 대고 양 어깨를 비틀었다. 바로 그 순간 억제하기 어려운 웃음소리가 그의 내부에서 갑자기 터져 나와 울부짖었고 그리고 폭발했다. 그 웃음에는 진정성이 담겨 있는지 전염 효과를 발휘하여 다른 청중들까지 전달되었다. 테라스 위쪽에서도 구체적인 대상도 없이 그냥 저절로 명랑한 웃음이 터지며 주위로 퍼졌다. 그런데 바로 이것으로 말미암아 가수의 거리낌 없는 행동이 배가되는 것 같았다. 그는 무릎을 구부리고 허벅지를 치며 배를 움켜잡고 포복절도하는 시늉을 했다. 그는 이제 더 이상 웃는 게 아니었다. 비명을 지르는 것이었다. 그는 저기 위에서 웃고 있는 사람들보다 더 웃기는 것은 없다는 듯 손가락으로 위쪽을 가리켜보였다. 그리하여 마침내 정원과 베란다에 있는 모든 사람들, 심지어 웨이터와 승강기 보이 및 문간에 있는 하인들까지도 웃음보를 터뜨렸다.

아쉔바흐는 더 이상 의자에 앉아 느긋하게 쉬고 있지 않았다. 그는 웃음을 방어하든지 도망을 치든지 해보려고 똑바로 몸을 세우고 앉아 있었다. 그러나 터져 나오는 웃음소리, 위쪽으로 풍겨오는 소독약 냄새, 그리고 아름다운 소년 타치오가 가까이 있다는 생각 등이 뒤섞여 그를 꿈과 같은 마법 속에 빠져들게 했다. 그 마법은 찢을 수도 없고 어느 곳으로도 도망갈 수 없게 그의 머리, 그의 감각을 에워싸고 있었다. 다들 웃느라 떠들썩하그 정신을 차리지 못하는 사이에 그는 감히 타치오 쪽을 건너다보았다. 그가 그런 일을 하는 사이에 그 아름다운 소년도 그의 시선에 응답하면서 마찬가지로 진지한 태도를 취하고 있다는 것을 알아차렸다. 소년은 마치 상대편 남자 아쉔바흐의 태도와 표정에 따라 자신도 똑같이 따르고 있는 듯했다. 아쉔바흐가 이곳의 전반적인 분위기에서 벗어나 있었으므로, 이 분위기가 타치오에게 전혀 영향을 끼치지 못하는 모양이었다. 그와 같이 어린애답고 도발적인 유순함에는 사람을 무력하게 하면서도 압도하는 듯한 무언가가 있었다. 그래서 머리가 하얗게 센 남자 아쉔바흐는 두 손으로 자기 얼굴을 숨기려다가 간신히 참고 있었다. 그뿐 아니라 그는 가끔씩 타치오가 자리에서 일어나 기지개를 켜거나 심호흡을 하는 것을 탄식이나 가슴의 답답함을 나타내는 것이라 생각했다. '저 아이는 병약하구나. 아마도 저 아이는 오래 살지 못할 것 같아'라고 생각하며, 가끔씩 희열과 동경이 기묘하게 해방되어 그 결과로 생기는 일종의 중립상태에 빠지는 것이었다. 다시 말해 무절제한 만족감과 더불어 순수한 염려가 한꺼번에 그의 마음을 가득 채웠던 것이었다.

그러는 사이 베네치아의 악단은 공연을 끝마치고 물러가고 있었다. 박수갈채가 그들의 뒤를 따르자, 그들의 단장이 좀 더 익살을 부려 퇴장 연기를 멋지게 장식하는 일을 소홀히 하지 않았다. 그가 한쪽 발을 뒤로 빼며 고개 숙여 절을 하고 손으로 키스를 보내자 웃음이 터져 나왔다. 그럴 때면 그는 한 번 더 똑같은 행동을 했다. 그의 패거리가 벌써 다 밖으로 나간 다음에도 그는 뒤쪽으로 달려가 가로등 기둥에 부딪히는 시늉을 했고, 매우 아픈 것처럼 등을 구부린 채 입구 쪽으로 기어나가다시피 걸어갔다. 문에 도달하자 갑자기 그는 익살스런 불운의 주인공으로서의 가면을 벗어 버리고 몸을 일으켜 세웠다. 정말이지 용수철처럼 펄쩍 뛰어오르며, 테라스 쪽에 있는 구경꾼들을 향해 무례하게 혀를 날름 드러내보였다. 그러고는 어둠 속으로 미끄러지듯 사라졌다. 해수욕 손님들은 하나둘 사방으로 흩어졌고, 타치오도 벌써 오래 전에 난간 기둥 곁에 있지 않았다. 하지만 고독한 남자 아셴바흐는 남은 석류 주스를 조그만 탁자 위에 올려놓고, 웨이터들이 이상하게 생각할 정도로 오랫동안 앉아 있었다. 밤이 성큼 다가오고 시간은 흘러갔다. 수년 전 그의 양친이 사는 집에는 모래시계가 하나 있었다.—그는 갑자기 그 부서지기 쉽고 의미심장한 물건이 자신의 눈앞에 다시 보이는 것처럼 생각되었다. 적록색으로 물들인 모래가 소리 없이 섬세하게 좁은 유리관 사이로 흘러내리고 있었다. 위쪽의 오목한 곳에 모래가 거의 찌꺼기만 남을 때쯤이면, 거기에서 조그마하고 급격한 소용돌이가 일어났다.

다음 날 오후에는 고집 센 남자 아셴바흐가 외부 세계를 조사하기 위해서 새로운 조치를 취했는데, 이번에는 상당한 성과를 거두었다. 즉, 그는 산 마르코 광장에 있는 영국 여행사에 들어가, 창구에서 약간의 돈을 바꾼 다음, 자신을 응대하고 있는 직원에게 의심 많은 외국인으로서의 표정을 지으며 예의 그 난처한 질문을 던졌다. 양털 옷을 입고 있는 그 영국 직원은 아직 젊었고, 머리 한가운데 가르마를 타고 있었으며, 미간이 좁은 눈을 하고 있었다. 그의 태도는 차분하고 성실하게 보여서, 교활하고 약삭빠른 남국에서는 아주 낯설고 아주 특이한 인상을 주었다. 그는 이렇게 말을 꺼내기 시작했다. "별로 염려하실 것까지는 없습니다. 선생님! 그다지 심각한 의미가 있는 조처는 아닙니다. 그런 명령은 자주 내려진답니다. 무더위와 시로코 바람이 건강에 해로운 영향을 끼칠까봐 예방을 하기 위해서지요." 하지만 푸른 눈을 뜨는 순간 그 직원은 외국인 아셴바흐의 눈길과 마주쳤는데, 그 눈길은 약간의 경멸을 띤 채 자신의 입술을 향하고 있는 지치고 약간 슬퍼 보이는 눈길이었다. 그러자 그 영국인은 얼굴을 붉혔다. "그건 말입니다" 하고 그는 낮은 목소리로 약간 동요의 빛을 띠며 계속 이야기했다. "당국의 해명이 그렇다는 거지요. 사람들이 이에 대한 설명을 요구하자 그것이 최선의 답변이라고 생각한 것입니다. 선생님께 죄다 말씀드리자면, 그 배후에 뭔가 다른 게 숨어 있다는 것입니다." 그런 다음 그는 솔직하고 편안한 말투로 그 진상을 다음과 같이 털어놓았다.

수년 전부터 인도의 콜레라가 점점 확산되며 더 강력하게 옮겨 다니는 경향이 나타났었다. 전염병은 갠지스 강 삼각주의 따뜻한 습지에서 발생했는데, 사람이 근접할 수 없는 울창하고 쓸모없는 원시림과 야생의 섬에서—그곳 대나무 숲에는 호랑이가 웅크리고 있는데—악마 같은 숨결과 함께 솟아올라, 인도 북부지방에서 오랫동안 이례적으로 맹위를 떨쳤고, 또 동쪽으로는 중국까지, 서쪽으로는 아프가니스탄과 페르시아로 확산되었다. 그리고 대상(隊商)의 주요 교통로를 따라서 끔찍한 참상이 러시아의 아스트라칸까지, 그러니까 심지어 모스크바까지 실려 갔다. 그렇지만 그 괴물이 거기서 빠져나와 육로를 따라 들이 닥칠까봐 유럽이 벌벌 떨고 있는 동안, 그것은 오히려 시리아의 상선에 딸려 바다를 건너와서 지중해의 여러 항구에 거의 동시다발적으로 그 모습을 드러냈던 것이다. 툴롱과 말라가에서 고개를 쳐들고, 팔레르모와 나폴리에서 여러 번 그 가면을 벗었으며, 칼라브리아와 아풀리아에서도 좀체 물러날 기미를 보이지 않는 것 같았다. 하지만 이탈리아 반도의 북쪽은 피해를 입지 않고 있었다. 그렇지만 금년 5월 중순경 베네치아에서 같은 날에 부두 노동자와 여자 채소 장수의 말라빠진 새카만 시체에서 그 끔찍한 병균[22]이 발견되었다. 그 사건은 비밀로 부쳐졌다. 하지만 그로부터 일주일이 지나자 그런 일이 10건이 되고, 20건이 되고, 30건이 되었으며, 그것도 여러 지역에서까지 일어나게 되었다. 오스트리아 지방에서 온 어떤 남자는 베네치아에서 며칠 동안 휴양을 즐기려고 머물러 있다가 자기 고향으로 되돌아가서는 모호한 증상으로 사망하고 말았다. 그리하여 이 수상 도시 베네치아의 재난에 대한 최초의 소문이 독일 일간지들에 실리게 되었다. 베네치아 당국은 이 도시의 위생 상태가 더할 나위 없이 완벽하다고 대답했다. 그러

---

22 비브리오균, 즉 나선상균(螺旋狀菌)을 가리킨다.

고는 이를 퇴치하기 위해 필수 불가결한 조치를 취했다. 하지만 야채와 고기, 우유와 같은 음식물이 감염된 것 같았다. 왜냐하면 아무리 부인을 하고 얼버무려 넘기려 해도 좁은 골목에서는 죽음이 만연되어 갔기 때문이었다. 그리고 때 이르게 들이닥친 여름 무더위가 운하의 물을 미지근하게 데워 놓는 바람에 콜레라가 번지는 데 특히 유리한 상태가 이루어졌다. 정말이지 전염병은 힘을 얻어 새로이 소생하는 것 같았고, 그 병원체의 내성과 번식력은 배가되는 듯했다. 병에서 완쾌되는 경우는 드물었으며, 감염자의 100명 중 80명은 사망했다. 그것도 아주 끔찍하게 죽었다. 왜냐하면 그 병은 극단적으로 난폭하게 들이닥쳐, 종종 '건조증'이라 불리는 극도의 위험한 상태를 보였기 때문이었다. 그럴 때 육체는 혈관에서 다량으로 분비되는 수분을 전혀 배출할 수 없게 된다. 그러면 몇 시간 이내에 환자는 바짝 말라 버리는 것이다. 그래서 역청처럼 끈적끈적해진 피 때문에 환자는 경련을 일으키고 쉰 목소리로 비명을 지르며 질식해 죽게 된다. 종종 일어나는 경우지만, 발병으로 가벼운 증세가 나타난 뒤에 깊은 혼수상태에 빠져 더 이상 깨어나지 못하기도 하고, 아니면 깨어난다 하여도 잠시 깨어나고 마는 것이다. 6월 초순에는 소리 소문도 없이 시립 병원의 격리 병동이 만원이 되었고, 두 개의 고아원 건물마저 자리가 부족하기 시작했다. 그리고 새로 건설된 부두와 공동묘지가 있는 산 미켈레San Michele 섬 사이에서 몸서리칠 정도로 빈번한 왕래가 생기게 되었다. 하지만 시 당국에서는 전반적이고 대대적인 피해를 입을지도 모른다는 두려움이 있었고, 최근에 공공(公共) 공원에서 개최된 미술 전시회를 고려해야 했다. 또한 공황 상태가 일어나 나쁜 소문이 일어나는 경우에 호텔과 상점들 그리고 외국인을 상대로 하는 모든 가게들이 위협을 받게 될 그 엄청난 사태도 고려해야 했다. 이 도시에서는 이러한 점들이 진실에 대한 사랑이나 국제적인 협정에 대한 존중보다 더욱 강력한 힘을 발휘하고 있는 것이 분명했다. 그리고 이러한 점들 때문에 시 당국에서는 은폐와 부인(否認)의 정책을 완강하게 고수할 수 있었다. 베네치아의 보건부 장관은 공로가 많았던 사람인데, 격분해서 자기의 직책을 내놓고 물러났다. 그리고 아무도 모르게 어느 고분고분한 인물, 즉 정책에 순응적인 인물로 대체되었다. 시민들은 그것을 알고 있었다. 그래서 만연하는 불안감과 퍼져가는 죽음 속에 도시가 빠져 든 비상사태와 더불어, 상부의 부패는 하층민들에게 어떤 도덕적인 문란을 유발시켰다. 즉, 밝은 것을 꺼리는 반사회적인 충동을 자극시켜 무절제, 몰염치, 범죄의 증가 등으로 나타나게 되었던 것이다. 저녁때에는 규정을 어긴 술 취한 사람들이 눈에 띄게 늘었고, 밤에는 못된 불량배들이 거리를 불안하게 만든다고 했다. 그리하여 강도 사건과 살인 사건이 되풀이해서 일어났다. 알고 보니 전염병에 희생되었다고 하는 사람들이 사실은 친척들에 의해 독살된 것으로 벌써 두 번이나 입증되었기 때문이었다. 그리고 부도덕한 영업 행위는 무척 볼썽사납고 무절제한 행태를 띠게 되었다. 그런 행태는 예전의 이곳에서는 전혀 알 수도 없었던 것이고, 단지 이 나라의 남부 지방과 동양에서만 흔하게 있던 것이었다.

이와 같은 일에 대하여 그 영국인 남자는 결정적인 말을 하였다. "그러니까 선생님께서는" 하고 그는 이어 말을 했다. "하루라도 빨리, 내일보다는 차라리 오늘 당장 떠나시는 게 좋을 것 같습니다. 며칠 지나지 않아 봉쇄 조치가 취해질 것입니다."—"말씀 감사합니다" 하고 아쉔바흐는 말하고 그 사무실을 나왔다.

산 마르코 광장은 햇빛도 비치지 않고 푹푹 찌는 듯했다. 아무것도 모르는 외국인들이 카페 앞에 앉아 있거나, 비둘기 떼들로 온통 덮여 있는 교회 앞에 서 있었다. 그들은 비둘기들이 떼 지어 몰려들며 날개를 퍼덕이고 서로를 밀치며 오므린 손바닥 위에 있는 옥수수 낱알을 쪼아 먹는 모습을 지켜보고 있었다. 고독한 남자 아쉔바흐는 열에 들뜬 것 같은 흥분 상태에서 진실을 알아냈다는 승리감에 도취되고, 또 혓바닥 위에 구역질이 도는 기분과 마음속으로는 터무니없는 공포를 느끼면서, 포석이 깔려 있는 호화로운 뜰을 이리저리 거닐었다. 그는 깔끔하고 점잖은 행동을 곰곰이 생각해 보았다. 가령 이날 저녁이라도 식사를 마친 뒤 진주목걸이를 장식한 부인에게 가까이 다가가서 자신이 생각해 낸 말을 그녀에게 말할 수 있을 것이다.—"죄송합니다만, 부인, 낯선 사람으로서 당신께 한마디 충고를 드리겠습니다. 이것은 하나의 경고입니다. 이 도시의 이기심 때문에 부인께 전해지지 않은 게 있습니다. 이곳을 떠나십시오, 당장. 타치오와 따님들을 데리고 말입니다! 베네치아에는 전염병이 나돌고 있습니다." 그러고 나서 그는 냉소적인 신성의 대리인인 타치오의 머리를 만져주며 작별 인사를 하고 돌아서서 이 늪 같은 구렁텅이에서 도망쳐 버릴 수도 있었다. 그러나 동시에 그는 자기가 진정으로 그와 같은 행동을 하기에는 너무나 거리가 멀다는 사실을 느꼈다. 물론 그렇게 하면 자기를 되찾을 것이고, 자기 자신에게로 다시 되돌아갈 수 있을지도 모른다. 하지만 저정신을 잃은 사람은 또 다시 자기 자신에게로 되돌아가는 것을 죽도록 싫어하는 법이다. 그는 석양에 반짝이는 비문(碑文)이 장식된 어느 하얀색 건축물을 기억에 떠올렸다. 그 비문의 투명한 신비 속에 그의 정신의 눈은 빠져 들어가 있었다. 그 다음에는 이상한 나그네의 형상을 기억에 떠올렸다. 그것은 늘어가는 남자 아쉔바흐에게 멀리 낯선 곳으로 떠나고 싶었던 젊은 시절의 동경을 일깨워주었던 것이다. 그래서 그는 집으로 돌아갈 생각, 즉 분별 있고 냉정한 마음으로 힘들게 작업하여 대가다움을 발휘해야 한다는 생각을 하니 기분이 몹시 불쾌해져서 속이 메스꺼운 듯 얼굴이 일그러졌다. "아무 말도 해서는 안 돼!" 하고 그는 격한 감정으로 속삭였다. "난 침묵을 지킬 거야!" 그는 자기가 비밀을 알고 있다는 공모(共謀) 의식, 즉 공범(共犯) 의식에 도취되었다. 마치 소량의 포도주가 피곤에 지친 뇌를 도취시키는 것처럼 말이다. 재앙이 닥쳐 폐허가 된 도시의 모습이 황폐해진 채로 그의 뇌리에 어른거렸다. 그래서 그는 마음속으로 도저히 납득

할 수 없고, 이성의 영역을 넘어서는 무시무시하게 감미로운 희망에다 불을 지폈다. 이러한 기대감과 비교해 볼 때, 그가 조금 전에 한순간 꿈꾼 그 연약한 행복이라는 것이 그에게 대체 무엇이란 말인가? 혼돈이 베풀어 주는 장점들과 비교해 볼 때, 예술과 미덕이 이제 와서 그에게 무슨 의미가 있단 말인가? 그는 아무 말 없이 그대로 침묵을 지키고 있었다.

이날 밤 그는 무서운 꿈을 꾸었다. ─만일 구체적이면서도 정신적인 체험을 꿈이라고 부를 수 있다면 말이다. 그 체험은 사실 깊은 잠에 빠졌을 때 일어났던 것이고, 또 완전히 독립적인 상황에서 감각적으로 느낄 수 있는 현재의 사건으로 일어났던 것이긴 했다. 하지만 그는 사건의 바깥에 있는 어떤 공간을 돌아다니며 그 공간에 있는 자신의 모습을 본 것이 아니었다. 그 사건의 무대는 오히려 그의 영혼 자체였다. 그리고 그 사건들이 외부로부터 영혼 속으로 들어와서 그의 저항을─심원하고 정신적인 저항을─강압적으로 굴복시키고, 그의 존재를, 그의 삶의 문화를 황폐화시키고 완전히 파멸시켜 놓았던 것이다.

그 꿈의 시작에는 두려움이 있었다. 두려움과 기쁨 그리고 앞으로 무슨 일이 생길까 하는 경악할 만한 호기심이 있었다. 밤의 세계가 찾아 들자, 그의 감각들은 무언가에 귀를 기울였다. 멀리서부터 시끌벅적거리는 소리, 쿵쾅거리는 소리, 여러 가지 잡음이 뒤섞인 소음이 가까이 다가오고 있었기 때문이었다. 덜거덩거리는 소리, 내팽

개치는 소리, 둔중한 천둥소리, 거기에다가 찢어지는 듯한 환성, 그리고 길게 빼는 '우' 음으로 울부짖는 소리— 이 고든 소리들이 뒤범벅이 되었다가는 마치 비둘기가 저음으로 구구 하고 우는 듯한, 극악무도하게 집요한 피리 소리만 남게 되었다. 그 피리 소리는 오싹할 정도로 감미로웠고, 염치없이 내면으로 파고 들어와 마법을 걸며 듣는 사람의 오장육부를 홀리게 만들었다. 하지만 그는 자신에게 찾아온 것이 무엇인지 희미하긴 했지만, 그래도 그것을 칭할 수 있는 한마디의 말을 알고 있었다.— '낯선 신'[23]이었다. 자욱한 연기 속에 빨간 불꽃이 타올랐다. 그때 그는 자신의 여름 별장 주변 지역과 비슷한 산악지대를 보게 되었다. 그리고 산산이 부서진 불빛 속에서, 숲으로 뒤덮인 산봉우리에서, 나무 그루터기들과 이끼 낀 바위 조각들 사이에서 무엇인가가 굴러 떨어지고 소용돌이치며 내려오는 것이었다. 인간들, 동물들, 즉 미처 날뛰는 인간과 동물의 떼거리였다.—그리하여 산비탈은 생명체, 화염, 다수라장, 비틀거리는 윤무 등으로 넘쳐나고 있었다. 허리띠 아래로 너무 길게 드리워진 모피 옷에 걸려 비틀거리는 여자들은 신음소리를 내며 고개를 뒤로 젖힌 채 탬버린을 마구 흔들어대었다. 이들은 불꽃이 튀기는 횃불과 날이 시퍼런 단도를 뒤흔들기도 했고, 게다가 혀를 날름거리

---

23 그리스 신화에 등장하는 술과 도취의 신 디오니소스를 가리킨다. 디오니소스는 먼저 이집트로 갔고, 이어 시리아로 옮겼다가 아시아 전역을 떠돌아다니면서 포도재배를 각지에 보급, 문명을 전달했다고 전한다. 디오니소스는 원래 인도에서 온 낯선 신으로 통했다.

는 뱀의 몸뚱어리 한가운데 부분을 꽉 붙잡고 있다든가, 또는 비명을 지르면서 자신들의 젖가슴을 두 손으로 부여잡기도 했다. 남자들은 이마 위에 뿔들을 달고 허리에 모피 천을 두르고 피부에는 털이 텁수룩하게 났는데, 이들은 고개를 숙이고 팔과 허벅지를 들어올리며 놋쇠로 된 징을 요란하게 치거나 북을 격렬하게 두드리기도 했다. 그러는 동안 수염이 나지 않은 소년들은 이파리가 달린 막대기를 들고 숫염소들을 몰고 있었다. 이들은 또 염소의 뿔을 꼭 붙들고서 염소들이 껑충껑충 뛰는 대로 환호성을 지르며, 질질 끌려가고 있었다. 열광한 사람들은 부드러운 자음과 끝에 '우' 하며 길게빼는 고함 소리를 지르며 울부짖고 있었는데, 그것은 여태까지 한 번도 들어본 적이 없는 달콤하고도 야만적인 소리였다. —그 소리가 이쪽에서 사슴이 울부짖는 소리처럼 공중으로 퍼져 나가면, 저쪽에서도 격렬한 승리감에 도취되어 여러 가지 소리로 합창이 되어 다시 화답이 왔다. 그러면서 그들은 서로를 뒤쫓으며 춤을 추고 사지를 내동댕이치며 계속해서 그 울부짖는 소리를 그치지 않는 것이었다. 그러나 그 모든 것을 뚫고 들어와 지배하는 것은 사람의 마음을 홀리는 듯한 그 오묘한 피리 소리였다. 그 소리는 마지못해 체험하고 있는 그를 파렴치하고도 집요하게 극단적인 희생의 축제이자 무절제 속으로 유혹하고 있는 것이 아닌가? 그의 혐오감은 컸고, 공포감도 컸다. 그 낯선 자, 즉 침착하고 위엄 있는 정신의 적에 대항해서 끝까지 자신의 것을 지키고자 하는 그의 의지는 참으로 대단

했다. 하지만 산의 절벽에 부딪쳐 몇 배로 커져서 메아리치며 울려오는 그 시끄러운 소음, 그 울부짖는 소리는 점점 더 커지고 확대되어 열광적 광기로까지 부풀어 올랐다. 탁한 증기는 감각을 무겁게 짓눌렀다. 숫염소의 몸에서 나는 역한 냄새, 숨 가쁘게 헐떡이는 육체에서 나는 냄새, 썩은 물에서 나는 것 같은 악취가 느껴졌다. 거기다가 또 다른 냄새, 그에게 아주 익숙한 냄새가 났는데, 그것은 상처에서 나는 냄새이자 만연하는 전염병의 냄새였다. 그의 심장은 북을 두드리는 소리로 둥둥 고동쳤고, 그의 뇌는 빙빙 맴돌았다. 분노, 현혹, 모든 것을 마비시키는 욕정이 그를 사로잡았다. 그의 영혼은 신의 윤무(輪舞)에 동참하기를 열망했다. 나무로 만든, 거대하고 음탕한 상징물이 모습을 드러내며 높이 치켜세워졌다. 그러자 그들은 더욱 노골적으로 구호를 외쳐댔다. 그들은 입에 거품을 물고 미쳐 날뛰었고, 음탕한 몸짓과 외설적인 손놀림으로 서로를 자극하며 웃어대고 신음을 토했다. 그리고 그들은 가시 달린 막대기로 서로의 몸을 쑤셔대면서, 사지에 묻은 피를 입으로 핥아먹는 것이었다. 그러나 꿈을 꾸고 있는 남자 아셴바흐는 이제 그들과 함께, 그들 속에 있게 되었고, 그 낯선 신에게 속해 있었다. 정말이지 그들이 바로 그 자신이었다. 그들이 짐승들에게 달려들어 살을 찢고 살육을 저지르며 김이 모락모락 나는 고기 살점을 게걸스럽게 먹어치울 때, 그리고 마구 짓밟힌 이끼 긴 땅 위에서 신께 제물을 바치기 위해 더없이 난삽한 혼음이 시작되었을 때, 그들이 바로 그 자신이었던 것이다.

그래서 그의 영혼은 파멸로 이끄는 음탕과 광란을 맛보았던 것이다.

꿈에서 깨어나자, 재앙을 당한 자 아쉔바흐는 신경이 쇠약해지고 정신이 혼란스런 가운데 무기력하게 악마의 유혹에 빠져든 것 같은 기분이 들었다. 그는 이제 자신을 쳐다보는 사람들의 시선을 더 이상 두려워하지 않았다. 자기가 다른 사람들에게 의심을 받든지 말든지 개의치 않았다. 물론 그들도 후다닥 달아났고, 이곳을 떠나버렸다. 수많은 해변의 오두막들이 텅 비게 되고, 대형식당의 좌석도 비어 있는 경우가 더 많아졌다. 이 도시 베네치아에서 외국인들은 거의 보이지 않았다. 진실이 조금씩 새어나갔는지 관계자들의 끈질긴 결속에도 불구하고, 더 이상 공포 분위기를 막지 못하는 모양이었다. 그러나 진주목걸이를 한 그 부인은 가족들과 함께 그대로 머물러 있었다. 소문을 아직 듣지 못했기 때문이거나, 아니면 그녀가 너무나 자부심이 강하고 겁이 없어서 그런 소문 따위에 굴복하지 않았기 때문이었다. 따라서 타치오도 그대로 남아 있었다. 그리고 소년의 주변을 맴돌고 있는 아쉔바흐에게는 이따금씩, 마치 도망과 죽음이 모든 성가신 생명들을 주변에서 멀어지게 하여 이 섬에서는 오로지 자기와 아름다운 소년 둘만이 머무를 수 있을 것 같은 생각이 들었다. ― 정말이지 오전의 바닷가에서 그의 시선이 무겁고, 무책임하고, 꼼짝 하지 않고 타치오를 향해 고정되어 있을 때나, 해가 저물 무렵 역겨운 냄새가 나는 시체가 비밀리에 운반되곤 하는 좁은 골목길을 따라 체면도 팽개치고 타치오의 뒤를 따라다닐

때면, 그 무시무시한 사건이 그에게는 희망적인 것으로 생각되었고, 도덕의 법칙이란 것도 곧 허물어질 듯 허약한 것으로 생각되었다.

사랑하는 사람이라면 누구나 그러하듯이 그도 상대방의 마음에 들기를 원했으며, 그것이 불가능할지도 모른다는 생각에 엄청난 두려움을 느꼈다. 그는 젊어 보이려고 자기 양복에다 기분을 좋게 하는 가벼운 장식품에 덧붙여 보석을 달았고, 향수를 뿌렸으며, 하루에도 몇 번씩 화장을 하느라 많은 시간을 보냈고, 몸치장을 하고 흥분해서 긴장된 마음으로 식탁에 나타났다. 자신을 매혹시킨 그 귀여운 소년과 얼굴을 마주보면 자신의 늙어 가는 육체가 역겨울 정도로 싫었다. 자신의 희끗희끗한 머리카락과 날카로운 얼굴 모습을 볼 때면 그는 항상 수치심과 절망감에 빠졌다. 그는 육체적으로 자기 몸에 활기를 넣어 주고, 또한 몸을 회복시켜야겠다는 충동을 느꼈다. 그래서 그는 호텔 이발소를 자주 찾아갔다.

이발용 가운을 걸치고, 수다쟁이 이발사가 매만져 주는 손길에 맡기며 의자에 앉아 몸을 뒤로 기댄 채, 그는 고통스런 시선으로 거울에 비친 자신의 모습을 관찰하였다.

"머리가 좀 하얗게 세었지?" 하고 아쉔바흐는 입을 일그러뜨리며 말했다.

"약간 그렇네요." 하고 이발사가 대답했다. "말하자면 작은 손질도 하지 않아서 그렇죠, 뭐. 외적인 일에 무관심하셨던 탓이지요. 저명한 인사들이 그러신 것은 이해가 가긴 하지만, 무조건 칭찬할 만한 일은 아니지요. 특히 그런 분들이 자연적인 것이냐 인공적인 것이냐 하는 문제에 대해 편견을 가지고 있는 것은 어울리지 않기 때문에 더더욱 그래서는 안 되지요. 화장에 대해 반대하는 사람들이 도덕적 엄격성을 논리적으로 치아에까지 적용시킨다면, 그것은 적지 않은 불쾌감을 유발할 것입니다. 결국 우리의 연령이라는 것은 우리의 정신과 마음이 어떻게 느끼는가에 달려 있는 겁니다. 그러니 경우에 따라서는 허옇게 센 머리를 그대로 둔다는 것은 염색을 해서 색깔을 바로잡는 것보다 한층 더 심한 거짓이 될 수 있다는 말씀입니다. 선생님, 선생님의 경우엔 원래의 자연스러운 머리 색깔을 요구하실 권리가 있습니다. 제가 선생님 머리를 간단히 원래 색깔로 되돌려드려도 괜찮겠습니까?"

"어떻게 한단 말이지?" 하고 아쉔바흐가 물었다.

그 말이 떨어지자, 수다쟁이 이발사는 두 가지 종류의 물로 손님의 머리를 씻었다. 하나는 투명한 물이었고, 또 하나는 검은 물이었다. 그러자 아쉔바흐의 머리카락은 젊었을 때처럼 검게 변했다. 그러고 나서 이발사는 헤어 아이론으로 머리카락을 위쪽으로 부드럽게 말아 올리고는, 뒤로 물러나 자기가 손질한 머리 모양을 찬찬히 살펴보았다.

"자, 이젠 다 되었고, 다만" 하고 이발사가 말했다. "얼굴 피부를 좀 생기 있게 하면 되겠습니다."

이발사는 한 번 일을 시작하면 그칠 줄을 모르고, 만족할 줄도 모르는 사람처럼, 점점 더 활기를 띠며 분주하게 이런저런 손질을 차례차례 해나갔다. 아쉔바흐는 편하게 앉은 채 싫다고 저항할 엄두를 내지 못하고 있었다. 오히려 그는 그 손질의 결과가 어떻게 될지 흥분되고 희망에 들떠 거울 속을 들여다보았다. 그의 눈썹은 보다 또렷하고 보다 고르게 아치 모양으로 둥글게 되었고, 눈꼬리는 좀 길어 보였고, 눈두덩에는 아이섀도를 살짝 발라서 눈빛이 한결 살아나 보였다. 그는 계속해서 거울에 비친 얼굴 아래쪽을 보았다. 갈색 가죽 같던 피부는 가볍게 덧칠을 하고 부드러운 진홍색으로 화장을 해서 생기가 있어 보였고, 조금 전까지만 해도 핏기가 없던 입술은 딸기 빛깔로 부풀어 올랐다. 뺨과 입 주우에 깊게 패인 고랑과 눈가의 주름살은 크림을 발랐더니 청춘의 입김 속에 사라지고 없었다. ―그는 심장의 고동을 느끼며 젊은이처럼 피어난 자신의 모습을 바라보고 있었다. 화장을 해주던 이발사는 드디어 만족한 모습을 보였고, 그러한 부류의 사람들이 잘하듯이 자신이 서비스해 준 손님에게 아양을 떨며 공손하게 감사의 말을 했다. "그저 약간 치장을 했을 뿐입니다" 하고 그는 아쉔바흐의 외모를 마지막으로 손질하며 말했다. "이제 선생님은 염려 놓으시고 사랑에 빠지셔도 될 겁니다." 매혹 당한 남자 아쉔바흐는 꿈결처럼 행복한 기분으로, 동시에 혼란스럽고도 두려운 마음으로 걸어 나왔다. 그의 넥타이는 빨간색이었고, 챙이 넓은 밀짚모자에는 오색영롱한 리본이 달려 있었다.

후텁지근하고 미지근한 폭풍이 일었다. 비는 이따금씩, 아주 조금씩 내렸다. 그런데도 공기는 습하고 자욱했으며 썩은 냄새가 진동했다. 펄럭거리는 소리, 찰싹이는 소리, 쏴아 하는 소리가 그의 귀에 가득하였다. 화장을 한 피부 아래로 열이 있는 이 사나이에게는 사악한 종류의 바람의 신들이 공중에서 제멋대로 위세를 부리는 것 같았고, 흉악한 바다의 새들이 심판을 받은 사나이의 식사를 마구 파헤치고 쪼아 먹어 놓고는 그 위에 오물로 더럽히는 것처럼 생각되었다. 왜냐하면 찌는 듯한 무더움이 식욕을 없앴고, 또 음식이 전염병을 일으키는 균에 감염되었을지도 모른다는 생각이 불현듯 들었기 때문이었다.

어느 날 오후 아쉔바흐는 아름다운 소년 타치오의 뒤를 밟아가다가 병든 도시 안쪽의 어지럽게 엉킨 골목 안으로 빠져들게 되었다. 작은 골목들, 운하, 다리, 작은 광장 등이 미궁(迷宮)과도 같이 서로 너무 똑같이 생겨서 그는 방향감각을 잃어버렸다. 또한 방위마저 확실히 가늠하지 못하게 되자 그는 오로지 자기가 동경하여 뒤따라온 그 모습을 시야에서 놓치지 않으려는 생각밖에 하지 않았다. 창피스러워 조심해야 했기 때문에 벽에 몸을 바짝 붙이기도 하고, 지나가는 사람들의 등 뒤에 몸을 숨기기도 했다. 정신적 감정과 계속적인 긴장감이 그의 신체와 정신을 짓누르고 있었는데도 그는 자기 몸이 지쳐서 녹초가 된 상태라는 것을 한참 동안이나 의식하지 못했다. 타치오는 가족들 뒤에서 따라가고 있었다. 좁은 곳에 오면 타치오는 보통 때와 마찬가지로 가정교사와 수녀 같은 누나들을 앞

세우고 혼자서 천천히 뒤따르며 이따금 고개를 뒤로 돌렸다. 그리고 자기를 좋아하는 애인이 뒤따라오는지 확인하기 위해 특유의 꿈꾸는 듯한 눈으로 쳐다보곤 했다. 소년은 그를 보았으면서도 그의 존재를 누설하지 않았다. 아셴바흐는 그 사실을 알게 되자 기분이 황홀해졌고, 소년의 그 눈길에 현혹되어 자꾸만 앞쪽으로 끌려갔다. 열정이라는 끈에 이끌려 우롱(愚弄) 당한, 사랑에 빠진 남자 아셴바흐는 온당치 않은 희망을 품은 채 몰래 뒤따라갔던 것이다. —그렇지만 결국에는 그 희망의 광경에 배반당했다는 것을 알게 되었다. 그들을 놓쳤던 것이다. 폴란드인 가족은 짧은 아치형 다리를 건너갔는데, 높다란 아치가 그들을 가렸기 때문에 뒤쫓던 아셴바흐는 그들을 보지 못하고 말았다. 그가 그 다리 쪽에 올라가 보았으나 그들의 모습은 이미 보이지 않았다. 그는 그들을 찾기 위해 세 방향을 살펴보았다. 먼저 앞쪽을 살펴보았고, 그리고 좁고 지저분한 부두 길을 따라 양쪽 측면을 살펴보았지만, 아무 소용이 없었다. 그는 힘이 빠지고 곧 쓰러질 것 같아서 그들을 찾는 일을 그만둘 수밖에 없었다.

그의 머리는 지끈거렸고, 그의 몸은 끈적끈적한 땀으로 뒤범벅이 되었으며, 그의 목덜미는 부들부들 떨리고 있었다. 더 이상 참을 수 없는 갈증이 그를 괴롭혔다. 그는 무엇이고 좋으니 잠시라도 원기를 회복할 것이 없는지 주위를 둘러보았다. 그는 조그만 야채가게에서 과일을 몇 개 샀다. 너무 익어서 물러진 딸기였는데, 그는 그것을 먹으면서 걸어갔다. 사람들이 떠나 쓸쓸하고 마법에 걸린 듯한 느낌을 주는 작은 광장이 그의 앞에 나타났다. 아쉔바흐는 그곳을 익히 알고 있었다. 몇 주 전에 실패로 돌아간 탈주 계획을 짜던 그 장소였다. 그는 그 광장의 한가운데에 있는 빗물통 계단에 쓰러지듯 앉아 돌로 된 둥근 테두리에 머리를 기댔다. 사방은 고요했다. 포석들 사이에는 풀이 자라고 있었고, 주위에는 쓰레기들이 널려 있었다. 비바람에 상하고 높이가 고르지 못한 주변의 집들 가운데서 궁전같이 보이는 집이 하나 있었는데, 그 집은 고딕식의 아치형 창문에 내부에는 아무도 살고 있지 않았으며, 사자 상이 장식된 조그만 발코니가 있었다. 또 다른 집의 1층에는 약국이 있었다. 휙 불어오는 후끈한 바람이 이따금씩 석탄산 냄새를 풍겼다.

그는 그 자리에 앉아 있었다. 대가이자 품위를 인정받은 예술가, 〈비참한 남자〉를 쓴 저자, 너무나 모범적이고 순수한 형식으로 보헤미안 방랑 기질과 음울한 깊이를 거부하고, 타락한 자에게는 연민을 끊고 사악한 것을 질타하던 작가, 성공을 거둔 사나이, 자신의 지식과 온갖 아이러니를 정복해서 대중의 신뢰에 부응하는 책임을 지는 데에 익숙해 있던 사람, 그는 공적으로 명예를 얻었고, 귀족 칭호를 부여받았으며, 그의 문체를 본보기로 아이들은 교육을 받게끔 되어 있었다. ─그런 그가 그 자리에 앉아 있었다. 그의 눈꺼풀은 감겨 있었다. 그 눈꺼풀 아래에서 이따금씩 조소적이고 당황한 듯한 눈빛이 새어나왔다가 재빨리 숨어버리곤 했다. 그리고 화장을 해서 두드러져 보이는 축 처진 입술은, 반쯤 졸고 있는 그의 두뇌가 기이한 꿈의 논리에 의거하여 만들어 낸 것들을 하나하나 말로 표현했다.

"왜냐하면 아름다움이라는 것은, 파이드로스여, 명심해 두거라, 단지 아름다움만이 신적인 것이고 동시에 눈으로 볼 수 있는 것이란다. 그러므로 어린 파이드로스여, 아름다움이란 감각적인 인간이 걸어가는 길이며, 예술가가 정신을 향하여 걸어가는 길이란다. 그렇지만, 애야, 이제 너는, 감각적인 것을 통과해 정신적인 것에 이르는 길을 걸어온 사람이 언젠가는 지혜와 진정한 품위를 얻을 수 있을 거라고 생각하느냐? 아니면, 너는 이것이 오히려 (결정권은 네게 맡기도록 하마!) 위험스러우면서도 사랑스러운 길, 즉 필연적으로 인간을 잘못에 이르도록 하는 진실로 잘못된 길, 죄악의 길이라고 생각하느냐? 내가 이렇게 묻는 이유는, 우리 시인들은 에로스 신이 옆에 와서 안내자로 나서서 길을 안내해 주지 않으면 아름다움의 길을 걸을 수 없다는 것을 네가 꼭 알아야하기 때문이란다. 물론 우리도 우리 나름으로는 영웅이고 행실 바른 전사(戰士)일 수도 있다. 하지만 우리에겐 여자다운 점이 있지. 왜냐하면 열정이 우리를 고양시켜주며, 우리의 동경은 반드시 사랑에 머물러 있어야하기 때문이란다. —그것이 우리의 즐거움인 동시에 치욕인 셈이지. 우리 시인들이 지혜로울 수도 없고, 품위가 있을 수도 없다는 것을 이제 너는 알았겠지? 우리가 필연적으로 잘못된 길에 빠질 수밖에 없고, 필연적으로 부도덕해지고 감정의 모험에 빠진다는 것을 알았겠지? 우리가 쓰는 문체의 대가다운 태도는 거짓이고 어리석은 짓이야. 우리의 명성과 영예로운 지위는 익살극이지. 대중이 우리를 신뢰한다는 것은 지극히 우스꽝스러운 것이며, 예술을 통해 대중과 젊은이를 교육시키겠다는 생각은 무모한 짓이며 금지해야 할 사안이야. 왜냐하면 천성적으로 타락의 심연으로 빠져드는 성향을 갖고 있는데다가 개선의 여지마저도 없는 사람에게 우리가 어떻게 교육자의 자질이 있다고 하겠느냐? 우리는 어쩌면 타락의 심연을 거부하고 품위를 얻고 싶어 할 수도 있겠지만, 우리가 어디로 향하든지 타락의 심연이 우리를 유혹하는 거야. 그래서 우리는 그 해체시키는 인식인가 무엇인가 하는 것을 거부하지. 왜냐하면, 파이드로스여, 인식이란 품위도 엄격함도 없기 때문이란다. 그것은 뭔가를 알고 있으면서, 이해하고, 용서할 수 있는 것이지, 어떤 정신적인 태도와 형식을 지닌 게 아니란다. 인식은 타락의 심연에 공감하고 있으며, 인식그 자체가 타락의 심연이란 말이야. 그래서 우리는 인식을 단호하게 거부하는 거지. 이제부터 우리는 오로지 아름다움만을 열망하는 거야. 말하자면 단순성, 위대성, 새로운 엄격성, 즉 제2의 자유와형식을 얻으려고 노력하는 거야. 그러나 파이드로스여, 형식과 자유는 도취와 탐욕으로 이끌리게 되고, 고귀한 사람을 어쩌면 끔찍할 정도로 불경스런 감정으로 이끌지도 몰라. 고귀한 사람 자신의아름다운 엄격성이 이를 파렴치하다고 배척하는데도 말이다. 즉 형식과 자유는 고귀한 사람을, 아니 고귀한 사람마저도 타락의 심연으로 이끌고 가는 것이다. 내가 말하는 것은, 그것들이 우리 시인들을 그리로 이끌어 간다는 말이야. 왜냐하면 우리에게는 높이 솟아 오를 능력이 없고, 단지 방종한 생활을 꾸려갈 능력밖에 없기 때문이란다. 자, 이제 나는 떠나련다. 파이드로스여, 넌 이곳에 그래도 머물러 있으렴. 그리하여 내 모습이 더 이상 보이지 않게 되거든, 그때 비로소 너도 떠나려무나."

그 후 며칠이 지나서 구스타프 폰 아쉔바흐는 몸이 좀 불편해서 보통 때보다 늦은 아침 시각에 해변 호텔을 나섰다. 그는 어떤 현기증에 맞서 싸워야 했는데, 그것은 육체적인 것이라고만 할 수는 없는 현기증이었다. 그는 그 현기증과 더불어 불안감이 급격히 치솟아 올랐고, 그 현기증이 외부세계와 관련된 것인지 아니면 자신의 존재와 관련된 것인지 분명치 않은 느낌, 어디로 빠져나갈 구멍도 없고 아무런 전망도 없는 듯한 느낌이 들었다. 호텔 현관에서 그는 운송하기 위해 준비해 놓은 많은 양의 짐들을 보고, 떠나는 사람이 누구인지 수위에게 물어보았다. 그 대답으로 폴란드 귀족의 이름을 들었는데, 바로 그가 남몰래 짐작하고 각오하고 있는 이름이었다. 그는 그 이름을 듣고 수척한 얼굴 표정이 조금도 변하지 않은 채, 고개를 약간 치켜드는 행동을 하였다. 굳이 알 필요는 없지만 그저 지나가는 길에 그냥 알아둔다는 식이었다. 그러고는 한마디 더 물어보았다. "언제 말인가요?" 그러자 수위가 대답했다. "점심 식사 후에요." 아쉔바흐는 고개를 끄덕이고는 바다 쪽으로 걸어갔다.

바닷가는 쓸쓸했다. 길게 뻗은 첫 번째 모래사장으로부터 해안선을 나누고 있는 널따랗고 얕은 바닷물 위로는 잔물결이 일어서 앞에서부터 뒤쪽으로 밀려나가고 있었다. 한때는 그토록 다채롭게 활기를 띠었지만 이제는 거의 황량해진 휴양지에는 가을의 기운이, 조락(凋落)의 분위기가 감돌고 있었다. 휴양지의 모래는 이제 더 이상 깨끗하게 관리되지 않았다. 바닷가 가장자리에는 언뜻 보기에 주인이 없는 듯한 사진기 한 대가 삼각대 위에 놓인 채 세워져 있었고, 그 위에 덮여 있는 검은 천이 꽤나 차가운 바람에 펄럭이며 나부끼고 있었다.

타치오는 아직까지 남아 있는 서너 명의 동무들과 함께 자기 가족의 오두막 앞 오른쪽에서 놀고 있었다. 아셴바흐는 해변 오두막이 죽 늘어선 열과 바다 사이 가운데쯤 되는 곳에 접는 의자를 놓아두고 무릎에 담요를 덮은 채 그곳에 앉아 소년을 다시 한 번 지켜보고 있었다. 여자들이 떠날 채비를 하느라 바빠서 감시를 받지 않게 된 놀이는 무질서하고 엉망으로 변질되어 가는 것 같았다. 벨트가 달린 양복을 입고, 새까만 머리에 포마드 기름을 바른 "야슈"라고 불리는 당차게 생긴 소년이 자기 얼굴에 모래가 뿌려지자 흥분해서 눈을 이글거리며 타치오에게 씨름을 하자고 강요했다. 그 씨름은 몸이 약한 미소년(美少年) 타치오가 쓰러지는 것으로 금방 끝이 났다. 그러나 작별의 시간이 다가오자 보다 열등한 소년의 봉사적인 감정이 잔인한 야비함으로 돌변하여 오랫동안의 노예 상태에 대한 복수라도 하려는 것처럼, 이긴 소년은 쓰러진 타치오를 그냥 놓아두지 않고 무릎으로 그의 등을 찍어 누르면서 그의 얼굴을 계속 모래 속에 처박아 누르고 있었다. 그렇지 않아도 타치오는 씨름하느라 헉 헉거리고 있던 판에 꼭 질식해 죽을 것만 같았다. 위에서 내리누르 는 녀석을 떨쳐버리려는 타치오의 노력은 필사적으로 시도되었고, 잠시 그런 시도를 전혀 하지 않고 가만히 있다가, 이제는 단지 경련 을 일으키는 것처럼 간헐적으로 되풀이될 뿐이었다. 이 모습을 보 고 경악한 나머지 아셴바흐가 소년을 구해주려고 벌떡 일어나는 순 간, 마침 그 난폭한 소년이 자기의 제물을 풀어주었다. 얼굴이 하얗 게 질린 타치오는 반쯤 몸을 일으킨 채, 한쪽 팔로 땅을 짚고는 헝 클어진 머리칼에 어두운 눈빛으로 몇 분 동안 꼼짝도 않고 가만히 앉아 있었다. 그러고 나서 그는 완전히 몸을 일으켜 천천히 그곳에 서 멀어져갔다. 그를 부르는 소리가 들렸다. 처음에는 유쾌한 목소리 가, 나중에는 불안해하고 애원하는 듯한 목소리였다. 그는 못 들은 척했다. 승리자인 그 까만 머리 소년은 자신이 너무 지나치게 장난 친 것이 금방 후회가 되었는지 타치오를 뒤따라가서는 그와 화해하 려고 했다. 하지만 타치오는 어깨를 흔들며 그를 뿌리쳐버렸다. 타치 오는 비스듬히 아래쪽으로 내려가 물가로 걸어갔다. 그는 맨발이었 으며 빨간 리본이 달린 줄무늬 리넨 정장을 입고 있었다.

타치오는 물가에서 잠시 서성거리면서 고개를 숙인 채, 발끝으 로 축축한 모래 위에 무엇인가 형상들을 그리고 있었다. 그런 다음 그는 바닷물 속으로 걸어 들어갔다. 가장 깊은 곳이라 해봐야 그의 무릎까지도 닿지 않는 얕은 바다였다. 그는 홀가분하게 앞으로 나가면서, 얕은 바다를 가로질러서 모래사장이 있는 곳에 도달했다. 거기서 그는 잠시 서 있더니 광활한 바다 쪽으로 얼굴을 돌렸다. 그러고는 바닥이 허옇게 드러난 길고도 좁은 모래사장의 왼쪽 방향으로 천천히 걸어가기 시작했다. 육지로부터는 넓은 바닷물로 인해 분리되고, 동무들과는 오만한 기분 때문에 분리되어서, 타치오는 혼자 거닐고 있었다. 그것은 아주 외톨이가 되어 연락이 두절된 듯한 모습이었다. 그는 머리카락을 휘날리며, 저 멀리 바다 속을, 바람 속을 거닐고 있었다. 그의 앞에는 끝이 없는 안개 낀 바다가 펼쳐져 있었다. 다시 한 번 그는 멈춰 서서 원경(遠景)을 둘러보았다. 그러다가 별안간 무슨 생각이라도 떠오른 것처럼, 혹은 어떤 충동을 느낀 것처럼, 그는 한 손을 허리에 대고 원래 자세로부터 상체를 멋지게 회전시키면서 몸을 돌렸고, 그러고는 어깨 너머로 해변 쪽을 바라보는 것이었다. 거기에는 소년을 지켜보던 남자 아쉔바흐가 예전과 마찬가지로 앉아 있었다. 예전에 호텔 식당에서 흐릿한 시선으로 식당 안쪽을 바라보다가 소년의 눈길과 처음으로 마주쳤을 때처럼 말이다. 그는 머리를 의자 등받이에 기댄 채, 저 바깥에서 걸어가고 있는 소년의 움직임을 천천히 좇고 있었다. 그러다가 이제 그는 마치 소년의 시선을 맞이하는 것처럼 고개를 들었다. 그런데 그 고개는 가슴 쪽으로 툭 떨어져서 그의 두 눈이 아래쪽에서 위로 쳐다보는 꼴이 되어버렸다. 그러면서 그의 얼굴은 깊은 잠에 빠져 있는 듯 축 늘어지고, 무슨 생각으로 경건하게 침잠해 있는 표정을 띠게 되었다. 그러나 그에게는 마치 그 창백하고 사랑스러운 영혼의 인도자[24]가 저 멀리서 자신에게 미소를 지으며, 손짓하며 부르는 것 같은 생각이 들었다. 마치 그 소년이 허리에서 손을 떼고 먼 바다를 가리키며, 자기가 앞장서서 그 광활한 '약속의 바다' 속으로 둥실둥실 떠가는 것 같았다. 그래서 아센바흐는 지금까지 자주 그랬듯이 소년을 따라가려고 몸을 일으켰다.

몇 분이 흘렀다. 그때서야 사람들이 황급히 달려왔다. 의자에 앉은 채 옆으로 쓰러져 있는 그 남자를 구하기 위해서였다. 아센바흐는 자신의 방으로 옮겨졌다. 그리고 바로 그날, 세상 사람들은 존경해 마지않는 그 작가의 죽음에 관한 소식을 듣고 충격을 금치 못했다.

---

24 죽은 사람의 영혼을 저승으로 인도하는 헤르메스를 가리킨다.

예술가의 품위와 억압된 성적 욕망

1911년 5월. 36세의 토마스 만은 아드리아 해의 어느 섬에서 휴양을 하던 중에 평소 존경해 오던 작곡가 구스타프 말러의 죽음의 소식을 듣게 되는데, 그 자신뿐만 아니라 온 세계가 애도와 충격에 휩싸이는 것을 경험하게 된다. 그리고 베네치아로 하던 여행을 계속 하긴 하지만 바로 이 체험이 계기가 되어 〈베네치아에서의 죽음〉을 집필하기 시작한다. 그래서 약 1년 만에 완성을 브게 된 이 작품은 토마스 만의 초기작품 중 가장 긴 단편소설이며, 과거의 작품들과 달리 출판사도 피셔출판사가 아니라 히페리온 출판사에서 간행되었다.

이 작품은 대가의 반열에 오른 어느 작가의 실존 파괴의 이야기이다. 작가 자신이 장기간 성적 욕망을 억압하다가 이것이 좌절로 끝나는 것을 기술하고 있다. 실제로 토마스 만 자신은 베네치아에 몇 번 머문 적이 있었는데, 그때 느꼈던 베네치아는 토마스 만에게 꿈과 비밀의 도시였으며, 영원히 머물 수 있는 마음의 고향 같은 것이었다.

주인공 아쉔바흐는 시민과 예술가의 대립을 극복하고 내면적 조화를 이룬 고귀하고 근엄한 예술가였다. 아쉔바흐의 정열적이고 엄격한 외모는 동성애적 경향이 있었다고 하는 음악가 구스타프 말러의 모습을 닮고 있다.

무대는 대부분 주인공 아쉔바흐의 내면의 정신세계이다. 피로에 지친 작가 아쉔바흐가 우연히 뮌헨의 공동묘지에서 낯설고 기이한 남자를 만나는 데서 시작되는데, 아쉔바흐는 그 낯선 남자의 모습을 보고 불현듯 뮌헨을 떠나 어디론가 여행을 하고 싶은, 뭐라고 설명하기 힘든 욕구와 열정을 느끼게 된다. 하지만 다른 한편으로 이성이 그것을 제어하지만, 그럼에도 결국 그는 자신이 과로했다고 생각하고 휴양차 남쪽으로 떠나야겠다고 결심하게 된다. 그가 베네치아로 가는 도중에 만나는 지극히 괴상한 인물들은— 수다스러운 선원, 베네치아로 가는 배 안에서 만난 젊게 화장한 노인, 아쉔바흐를 리도로 태워가는 곤돌라 뱃사공, 아쉔바흐가 묵는 호텔 정원에서 공연하는 떠돌이 가수, 그리고 마지막으로 병든 타치오— 죽음의 사자(使者) 헤르메스나 죽음의 동반자를 상기시킨다.

타락의 씨앗은 베네치아에서 그를 사랑의 매혹으로 사로잡는, 그리스 조각을 연상시키는 아름다운 폴란드계 소년의 형상에 잠복해 있다. 그의 이름은 타치오이며, 가족들과 함께 요양 겸 여행을 왔던 14살 정도로 보이는 소년이었다. 아름다운 소년 타치오를 쫓는 아쉔바흐는 사실상 죽음을 뒤쫓고 있는 것이다. 아쉔바흐는 타치오에게서 신적인 아름다움을 보고 경탄하지만, 반면에 그에게서 죽음의 그림자도 함께 보게 된다. 아쉔바흐는 해변가에서 노는 타치오를 보며, 또 타치오를 뒤쫓기도 하며 아름다움에 대한 글을 쓰는데, 언어가 가져다주는 쾌감마저 느끼는 경지에 이르게 된다.

다음의 구절들을 한 번 음미해 보자.

"아름다움이라는 것은, 파이드로스여, 명심해 드거라, 단지 아름다움만이 신적인 것이고 동시에 눈으로 볼 수 있는 것이란다. 그러므로 어린 파이드로스여, 아름다움이란 감각적인 인간이 걸어가는 길이며, 예술가가 정신을 향하여 걸어가는 길이란다. 그렇지만, 얘야, 이제 너는, 감각적인 것을 통과해 정신적인 것에 이르는 길을 걸어온 사람이 언젠가는 지혜와 진정한 품위를 얻을 수 있을 거라고 생각하느냐? 아니면, 너는 이것이 오히려 (결정권은 네게 맡기도록 하마!) 위험스러우면서도 사랑스러운 길, 즉 필연적으로 인간을 잘못에 이르도록 하는 진실로 잘못된 길, 죄악의 길이라고 생각하느냐? 내가 이렇게 묻는 이유는, 우리 시인들은 에로스 신이 옆에 와서 안내자로 나서서 길을 안내해 주지 않으면 아름다움의 길을 걸을 수 없다는 것을 네가 꼭 알아야하기 때문이야. 물론 우리도 우리 나름으로는 영웅이고 행실 바른 전사(戰士)일 수도 있어. 하지만 우리에겐 여자다운 점이 있어. 왜냐하면 열정이 우리를 고양시켜주며, 우리의 동경은 반드시 사랑에 머물러 있어야하기 때문이야. —그것이 우리의 즐거움인 동시에 치욕인 셈이지. 우리 시인들이 지혜로울 수도 없고, 품위가 있을 수도 없다는 것을 이제 너는 알았겠지? 우리가 필연적으로 잘못된 길에 빠질 수밖에 없고, 필연적으로 부도덕해지고 감정의 모험에 빠진다는 것을 알았겠지? 우리가 쓰는 문체의 대가다운 태도는 거짓이고 어리석은 짓이야. 우리의 명성과 영예로운 지위는 익살극이지. 대중이 우리를 신뢰한다는 것은 지극히 우스꽝스러운 것이며, 예술을 통해 대중과 젊은이를 교육시키겠다는 생각은 무모한 짓이며 금지해야 할 사안이야. 왜냐하면 천성적으로 타락의 심연으로 빠져드는 성향을 갖고 있는데다가 개선의 여지마저도 없는 사람에게 우리가 어떻게 교육자의 자질이 있다고 하겠느냐?"

주인공 아쉔바흐는 그저 타치오를 바라다보며, 타치오가 베네치아를 떠나면 어쩌나 전전긍긍하며, 폴란드인 부모가 그를 데리고 가버린다면 아쉔바흐는 죽을 것 같은 지경에 이르게 된다. 눈빛의 교환으로 제한된, 완전히 플라톤적인 사랑의 마법은 그의 영혼을 매료시켜서 이제까지 쌓아온 삶의 엄격함을 파괴하고, 그를 온갖 의무로부터 해방시켜준다. 수십 년간 강철처럼 다져온 엄격한 원칙이 풀어지고, 욕정이 강해지고, 결국은 콜레라로 위협받는 베네치아에서 떠나라고 권고하는 이성조차 마비되어버린다. 해변가에서 발끝으로 젖은 모래에다가 그림을 그리고 있는 타치오를 멀리서 바라보며 아쉔바흐는 죽음을 맞이하게 되는 것으로 작품은 끝나고 있다.

물론 아쉔바흐가 심장마비로 죽는지, 아니면 전염병의 희생자가 되는지는 단정 짓기 어렵다. 더구나 '예술가가 품위를 상실해버린' 것의 보복으로 나타나는, 불가피한 재앙과 직면하여 그런 물음에 답하는 것은 아무런 의미도 없다. 이러한 이유를 작가는 몇 년 뒤 어느 여성독자에게 답하는 편지 속에서 다음과 같이 다시 거론했다. "물론 이 이야기는 주로 죽음의 이야기, 그것도 소멸의 환희를 서술하는 유혹적이고 반도덕적인 힘으로서의 죽음의 이야기임에 틀림없습니다. 그러나 내가 특히 주목하고 있는 문제는 예술가의 품위에 관한 문제로서, 나는 거기에 거장의 비극과 같은 어떤 것을 부여하고자 했습니다."

〈베네치아에서의 죽음〉은 독일에서 대성공을 거뒀다. 물론 외국에서도 호평을 받았으며, 이 작품이 출간되고 11년이 지난 1923년에 토마스 만은 이 소설의 프랑스어 번역자에게 번역상황을 알려주며, 이 작품의 주제 아닌 주제를 언급하게 된다.

"〈베네치아에서의 죽음〉은 세계 곳곳에서 행운을 얻었습니다. 먼저 헝가리어와 러시아어, 스웨덴어로 번역되었고, 최근에는 폴란드어로 나왔으며, 이탈리아어로도 번역되었습니다. 이제 그것을 플로베르Flaubert의 나라인 프랑스의 언어로 볼 수 있다니 내 마음이 너무도 흡족합니다. 사실 이 이야기는 본질적으로 다시 한 번 더 높은 삶의 단계에서 서술되는 〈토니오 크뢰거〉입니다. 〈토니오 크뢰거〉가 신선함과 청춘의 감흥을 더 많이 표출한다면, 〈베네치아에서의 죽음〉은 의심할 여지없이 한층 더 성숙한 예술작품인 동시에 구성 또한 보다 면밀합니다. 나는 그것을 집필하던 당시에 순간순간 내게 찾아오던 만족감, 요컨대 행복감을 잊지 못합니다. 모든 것이 한꺼번에 소리를 내며 조화를 일으켰는데, 그 결정체는 순수했습니다."

이렇게 토마스 만 자신의 작품 설명은 우리에게는 시원한 갈증

해소가 되기도 하지만 어떤 문학작품이라도 정답은 없는 것이며, 정답에 근접하는 것일 뿐이다. 그렇다면 토마스 만의 문학적 초기 테마가 건강한 시민성과 퇴폐적인 예술성에 있었는데, 여기서는 어떨까? 언뜻 보면 늙은 예술가가 어린 소년의 아름다움에 탐닉함으로써 퇴폐적인 예술가상을 추구하고 있는 것처럼 보이지만, 사실은 그렇지 않다. 주인공 아셴바흐는 아름다움에 빠지지만 그것을 바라보고 도취하고 감탄할 뿐, 인식의 대상으로 삼거나 감각적 쾌락을 추구하려 하지 않았다. 그렇게 함으로써 아름다운 피조물에 대한 거리를 유지한 채 도덕적 결백성을 지켜내고 있는 것이다. 또 다른 시각으로 보면, 〈베네치아에서의 죽음〉에서 토마스 만은 자기 자신을 포함한 예술가라는 유형 일반에 대한 비판을 가하고 있으며, 제1차 세계대전 직전의 독일사회의 분위기와 경직된 도덕규준에 대해서도 아울러 비판하고 있다고 볼 수도 있다.

지금까지는 언제나 예술가 소설로 이해되어 오던 이 작품이, 토마스 만의 일기가 공개되고 난 이후에는 동성애를 다룬 소설로 너도나도 앞다퉈 논문을 발표하고 있는 형국이다. 물론 이 작품이 한 예술가의 동성애를 다루고 있고, 작품 속에 성적인 것을 암시하는 여러 비유와 상징들이 등장하고 있는 것은 사실이다. 1971년 이탈리아 영화감독 루치노 비스콘티Luchino Visconti di Modrone는 이 작품을 영화로 만들었는데, 미소년을 부각시키고 동성애를 다룬 영화로 큰 호평을 받았다. 특히 영화의 마지막 장면에서 감독은 타치오가 바다 저편을 가리키고 있는 모습을 통해 그를 신화에 나오는 프시코폼포스Psychopompos, 즉 영혼의 안내자로 해석하고 있다. 하지만 토마스 만은 언제나 그렇듯이 아이러니 수법을 사용하여 작품을 쓴다는 점을 고려해 보면, 이 작품의 중심 테마가 무조건 동성애라고 한다거나, 아니면 이 작품을 토마스 만 자신의 성적 욕구를 발산한 것으로 단정 짓는 것은 금물이라고 하겠다.

토마스 만의 전공자로서, 그의 작품을 번역하면서 항상 느끼는 것이지만, 그 지독한 우회적인 표현과 그 지독한 만연체를 어떻게 하면 우리말로 매끄럽게 옮길 것인가 하는 것이었다. 의외로 해결은 쉽게 났다. 토마스 만의 의도를 백 퍼센트 독자에게 전달한다는 것은 불가능한 일임을 알았기 때문이다. 또한 우리말로 옮기는 동안, 마치 독자들을 우롱하며 독자들 머리 위에서, 특유의 문체로써 유희를 하고 있는 토마스 만의 모습을 내내 지울 수가 없었던 것이다. 기존의 번역본들이 많은 도움이 되었다. 행여 있을지도 모르는 중복 오역의 책임은 전적으로 역자의 몫이다. 독자의 질정을 구한다.

베네치아에서의 죽음

초판 1쇄 인쇄 2013년 9월 9일
초판 1쇄 발행 2013년 9월 12일

지은이 토마스 만
옮긴이 윤순식
발행인 신현부
발행처 부북스

주소 100-835 서울시 중구 신당2동 432—1628
전화 02-2235-6041
팩스 02-2253-6042
이메일 boobooks@naver.com

ISBN 978-89-93785-60-9 04080
ISBN 978-89-93785-07-4 (세트)